ALICE THE WONDER KILLER

앨리스 더 원더 킬러

ALICE THE
WONDER KILLER

앨리스 더 원더 킬러

하야사카 야부사카 장편소설 | **문지원** 옮김

블루홀6

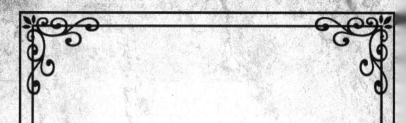

차례

일러두기
본문의 주는 전부 독자의 이해를 돕기 위한 옮긴이 주입니다.

♣ 프롤로그 ♣

"……이 세상에는 이상한 일들이 있을지 모릅니다. 하지만 내 사전에 수수께끼란 없습니다. 왜냐하면 나는 수수께끼를 죽이는 앨리스, 명탐정 '앨리스 더 원더 킬러'니까요. 그리고 범인은 당신입니다!"

용의자를 손가락으로 가리키자마자 잠에서 깼다.

나는 천개가 달린 내 방 침대 위에 누워 있었다. 커튼 사이로 들어오는 초여름의 부드러운 햇살. 지저귀는 새소리. 한가로운 휴일 아침이다.

아이, 참……. 내가 본격적으로 수수께끼를 죽이고 (=수수께끼를 풀고) 범인을 몰아가려던 참이었는데. 꿈이란 녀석은 언제나 분위기 파악을 못 한다.

내 이름은 앨리스. 어제까지는 아홉 살이었지만 오늘부터는 열 살이다. 장래희망은 아버지 같은 명탐정.

침대에서 내려오다가 머리맡 탁자에 놓여 있는 종이

와 리본으로 포장된 상자를 발견했다.

생일선물이다!

나는 한걸음에 달려가서 두근거리는 마음으로 상자를 열었다.

엄숙하게 포장되어 있는 것에 비해 편지만 달랑 한 장 들어 있을 뿐이었다.

사랑하는 앨리스에게

생일 축하한다! 그리고 미안하다. 올해도 사건 조사 때문에 생일을 함께 보내지 못하겠구나. 그 대신 특별한 선물을 준비했으니 용서해주렴. 아침을 다 먹으면 늘 가는 그 오두막으로 가거라―물론 엄마에게는 비밀이다―. 최고의 수수께끼가 너를 기다리고 있단다. 오늘이 네게 최고의 하루가 되기를 바라며.

아빠가

짧고 무뚝뚝한 문장, 그리고 자필 편지가 아닌 인쇄된 편지. 어딘가 아버지답지 않다. 작년에 받은 편지에는 데코레이션케이크처럼 수식어와 비유가 가득했고 서명까지 담겨 있었는데.

올해는 작년보다 더 바쁘신 걸까.

하긴 중요한 것은 편지가 아니라 선물이지. 작년에는 일곱 가지 탐정 도구를 받았다. 그리고 올해는 '최고의 수수께끼'. 내가 가장 좋아하는 수수께끼 놀이겠지.

역시 아버지야. 내가 갖고 싶어 하는 것을 정확하게 짚었다. 게다가 명탐정이 되고 싶어 하는 내 꿈을 응원하는 마음이 전해져서 기뻤다.

그와 반대로 어머니는……

아침 몸단장을 하고 식당으로 내려갔더니 어머니가 있었다.

"어머, 앨리스! 열 살이 된 걸 축하한다!"

어머니는 과장된 목소리로 말하며 양 볼에 키스했다. 나는 차갑게 "좋은 아침"이라고 대꾸했다.

둘만의 아침 식사가 끝나자 어머니가 말했다.

"올해도 선물을 잔뜩 준비했단다."

잔뜩, 이라는 말만 들어도 진저리났다.

어머니는 옆자리 의자에 산더미 같이 쌓아놓은 책을 내 앞에 쿵 하고 놓았다. 두꺼운 참고서가 다섯 권이나.

"나는 명탐정이 될 거야. 이런 거 필요 없다고요."

내가 책을 밀어내자 어머니는 미간을 찌푸렸다.

"몇 번이나 말하지만 네가 탐정이 되는 거, 난 반대다. 탐정은 수입이 불안정하고 위험하다고 했잖니. 지금부터 열심히 공부해서 이 엄마처럼 안정적인 직업을 얻으렴."

나는 속으로 토하는 시늉을 했다.

"안정적인 직업이라니 무슨 소리예요. 아니, 그럼 탐정이 안정적인 직업이 아니라고 생각하면서 도대체 왜 아버지와 결혼한 건데."

"네 아빠는 천재잖니."

어머니는 순간 능글맞은 표정을 짓다가 이내 근엄한 표정으로 돌아왔다.

"하지만 넌 아니야. 네 재능으로는 명탐정이 될 수 없어."

그 말이 비수가 되어 내 가슴에 꽂혔다.

"그만해. 내 미래를 멋대로 단정 짓지 말라구!"

나는 산더미 같이 쌓인 책들을 팔로 밀어뜨리며 식당을 뛰쳐나갔다.

"거기 서!"

어머니가 쫓아왔다.

나는 복도 모퉁이를 돌아 순간적으로 판단해 빈방으

로 잽싸게 들어갔다.

어머니의 발소리가 방 앞을 스쳐지나갔다…….

휴우, 살았다.

어머니는 〈이상한 나라의 앨리스〉에 등장하는 하트 여왕처럼 제멋대로에 난폭하다. 저런 사람의 피가 내 몸에도 흐른다니 믿고 싶지 않다.

그래, 때때로 진심으로 생각하곤 한다. 저 사람이 진짜 내 어머니일까 하고.

아니지. 모처럼 생일인데 이런 생각은 그만하자. 나는 고개를 세차게 저으며 허튼 생각을 털어냈다.

하트 여왕. 그 인물에 빗댄 이유는 내가 〈이상한 나라의 앨리스〉의 대단한 팬이기 때문이다. 수수께끼가 가득한 〈앨리스〉와 내가 좋아하는 수수께끼 풀이는 언뜻 보면 정반대인 것 같아도 사실은 그렇지 않다. 작가 루이스 캐럴이 수학자였던 탓일까, 〈앨리스〉는 난센스가 가득한 와중에도 논리성이 빛나서 수수께끼 놀이를 좋아하는 나를 감동시킨다. 나와 같은 생각을 하는 추리 작가가 많은지 〈앨리스〉를 소재로 삼은 추리소설은 옛날부터 많았다.

덧붙여서 어머니는 '〈앨리스〉는 이해할 수 없어서 싫

다'고 했다. 그 사람은 어차피 모를 것이다. 수수께끼의 아름다움도 수수께끼 놀이의 즐거움도.

맞다, 수수께끼 놀이, 하니까 아버지의 편지가 떠올랐다. 아침을 다 먹으면 늘 가는 그 오두막으로 가라고 적혀 있었다. 최고의 수수께끼가 기다리고 있을 것이라고.

최고의 수수께끼라니 도대체 뭘까. 기대된다.

나는 설레는 마음을 안고 창문을 넘어 정원으로 살며시 빠져나왔다.

우리집은 부지가 넓다. 방심하면 미아가 될 수 있는 숲과 보트를 띄울 수 있는 연못이 있어 약간 자연공원처럼 꾸며져 있다.

조금 더 어릴 적에는 어느 집이나 우리집처럼 넓은 줄 알았다. 초등학교에 입학하고 몇몇 친구들의 집에 놀러 가고 나서야 처음으로 우리집이 특별하다는 사실을 알았다. 그 사실은 자랑스럽기도 하고 부끄럽기도 했다.

아침 햇빛이 은은하게 반짝거리는 연못을 돌아 숲길로 들어섰다. 숲속을 잠시 걸으면 어느 순간 나무가 없어지고 햇살이 쏟아지는 공간이 나온다. 그곳에 목적지인 오두막이 있다.

산속 나무꾼의 집 같은 분위기를 풍기는데, 업자들이 정기적으로 점검하기 때문에 낡지는 않았다.

이 오두막이 왜 있는지는 잘 모른다. 안에는 침대 같은 가구들도 있어서 정원사 같은 사람이 살 수 있게끔 꾸며져 있지만 공교롭게도 지금은 그런 사람을 고용하지 않아서 아무도 없다. 오두막은 '오래되고 정감 있는' 분위기를 자아내기 위해 필요한 소품일지도 모른다.

나는 종종 이곳에서 아버지께 탐정 수업을 받는다. 저택이 아니라 이런 곳에서 수업을 하는 이유는 어머니에게 방해받지 않기 위해서다. 그렇다고 해도 아버지가 어머니에게 맞서 내가 아버지의 뒤를 잇게끔 안간힘을 쓰지는 않는다. 어디까지나 '앨리스는 앨리스가 되고 싶은 사람이 되려무나' 라는 입장에서 내 뜻을 존중해 줄 뿐이다.

'그 오두막'에서 오늘은 무엇이 기다리고 있을까?

나는 침을 꿀꺽 삼키며 문을 열었다.

원룸인 오두막에는 문 반대편 벽에 창문이 하나 있다. 그리고 창문 앞에 침대. 오른쪽 벽에는 손도끼가 걸려 있으며, 가운데에는 나무로 만든 탁자와 의자 두 개가 있다.

그 의자 중 하나에 흰토끼가 앉아 있었다.

아니다. 사람이다.

새하얀 머리와 피부에 새빨간 눈, 토끼 귀 머리띠를 하고 조끼를 입은, 흰토끼처럼 생긴 잘생긴 청년.

처음 보는 청년이 천천히 자리에서 일어나 활기차게 말했다.

"해피 버스데이, 앨리스!"

나는 기세에 눌려 그만 이렇게 대답하고 말았다.

"해, 해피 버스데이……."

이런. 해피 뉴 이어도 아니고 해피 버스데이라고 대답하다니 이상하잖아. 나도 모르게 얼굴이 빨개졌다.

하지만 그는 내 실수를 지적하지 않고 상냥하게 미소 지었다.

"나는 코모란트 이그리트라고 해. 네 아버지의 친구지. 오늘은 아버지의 부탁으로 네 생일선물을 가져왔단다."

코모란트 이그리트. 그 이름이 내 기억을 되살렸다.

♥

보름 전쯤 밤이었다.

복도를 걷다가 아버지가 어머니를 데리고 서재로 들어가는 장면을 목격했다. 마치 비밀 이야기라도 나누는 듯한 모습에 호기심에 사로잡혀 문에 귀를 대고 엿듣기 시작했다.

"우선 이걸 받아요."

"어머나, 아름다운 다이아네……. 이름은요?"

"코모란트 이그리트."

아버지가 뜬금없이 두 종류의 새 이름을 말했다. 코모란트는 가마우지, 이그리트는 백로라는 뜻의 영어 단어다. 그때는 대화의 흐름상 그것이 사람 이름이 아니라 다이아몬드의 이름이라고 생각했다.

어머니의 생일도 결혼기념일도 아닌데 어째서 다이아몬드를 줬지?

이상하다고 생각했다. 이상하다는 생각이 들면 밝혀내고 싶은 것이 탐정의 습성. 나는 계속해서 귀에 온 신경을 집중했……면 좋았겠지만, 타이밍 나쁘게 메이드가 뒤에서 말을 걸었다.

"아가씨, 거기서 뭐하세요?"

방 안의 대화가 끊겼다. 들켰나.

나는 서둘러 자리를 떠났다…….

♥

"일단 좀 앉으렴."

이그리트의 목소리에 현실로 돌아왔다.

외모로 보아 나이는 서른 살 안팎. 아버지는 마흔 살. 나이 차이가 나지만 아버지는 발이 넓으니 친구라고 해도 이상하지 않다.

그렇다면 아버지는 어머니에게 알 수 없는 이유로 다이아몬드를 건넨 뒤 어머니가 누군가의 이름을 묻자 이유는 모르겠지만 친구의 이름을 대답한 상황이 된다. 그 맥락에서 내가 보지 못한 일련의 상황은 무엇이었을까.

그런 생각을 하면서 이그리트가 권한 의자에 앉았다. 이그리트도 자리에 앉자 우리는 탁자를 사이에 두고 마주 앉은 모양새가 되었다.

새삼스러운 사실을 깨달았다. 아침인데 커튼을 치고 형광등을 켜 놓은 것이다.

내 시선을 관찰했는지 그는 스스로 설명하기 시작했다.

"아아, 미안. 햇빛에 약한 체질이라서. 혹시 알비노라고 아니?"

모른다. 고개를 저었다.

"이것 좀 봐. 내 머리는 하얗고 눈은 빨갛지. 이런 걸 알비노라고 하는데, 멜라닌 색소가 다른 사람들보다 적어서 그런 거란다. 멜라닌은 자외선으로부터 피부를 지켜주는 역할을 하는데, 나는 멜라닌이 적어서 자외선을 쪼이면 안 되거든. 그래서 아쉽게도 화창한 날씨에 커튼을 쳐놓았지."

나는 어떤 말을 해야 좋을지 몰라 간신히 대답했다.

"음, 큰일이네요."

"하하하. 뭐, 큰일이라고 하면 큰일이겠지만 그 정도 일은 아니야. 기껏해야 잠버릇이 험하거나 코피가 쉽게 나는 수준이지."

이그리트가 긍정적이어서 안심했다.

"내 체질 이야기는 이쯤 해두고 본론으로 들어가자."

본론. 생일선물 이야기인가. 나는 자세를 고쳐 앉았다.

"나는 발명가야. 요즘 '화이트 래빗'이라는 기계를 발명했지. 이게 그거란다."

그는 자신이 쓰고 있는 토끼 귀 머리띠를 가리켰다.

"네!? 그거 그냥 토끼 귀 머리띠 아니었어요?"

"그래 보이지? 그런데 천만에, 이건 가상현실을 체험할 수 있는 세계 최초의 기계야."

"가상현실이라면 현실 세계와 똑같은 전자 공간……."

그는 고개를 끄덕이고는 계속 설명했다.

"사용 방법은 간단해. 이 토끼 귀 모양 헤드기어를 장착하고 전원을 켠 뒤 전용 알약을 먹기만 하면 끝. 알약은 특수한 수면제로, 가상현실 체험에 가장 적절한 뇌파를 흘려보내 잠을 자도록 유도한단다. 그다음에 헤드기어가 뇌에 직접 전기신호를 보내 진짜와 똑같은 세계를 완성해 네 눈앞에 보여주게 되지."

"굉장하다!"

때는 바야흐로 20××년, 과학은 이렇게까지 발전했다.

"그런데 왜 토끼 귀 모양이에요?"

"네 아버지에게 들었는데, 네가 〈이상한 나라의 앨리스〉의 팬이라며. 사실 나도 그렇거든. 앨리스를 이상한 나라로 이끄는 흰토끼처럼 사람들을 가상현실로 데려가고 싶어. 이런 소망을 담아 토끼 귀 모양으로 만들었단다. 결코 내가 토끼와 닮아서가 아니라."

그렇게 말하고는 장난스러운 미소를 지었다. 나도 덩달아 웃었다.

그가 말을 이었다.

"정식으로 출시하기 전에 누군가, 될 수 있으면 어린이가 테스트 플레이를 해줬으면 좋겠다고 생각했어. 그런데 때마침 네 아버지가 네 생일선물로 무엇을 주면 좋을지 상담을 해왔지 뭐니. 그래서 옳다구나, 네게 테스트 플레이를 맡기자고 생각했단다. 내용은 〈앨리스〉 시리즈를 변형한 수수께끼 게임이야."

"저, 〈앨리스〉도 좋아하지만 수수께끼 놀이도 정말 좋아해요. 좋아하는 거 두 개를 섞어 놓은 걸 세상에서 가장 처음으로 가상현실로 체험할 수 있다니, 선물이 너무 화려해서 꼭 벌칙이 있을 것만 같아요."

이것은 확실히 아버지가 편지에 쓴 대로 '최고의 수수께끼'였다. 오늘은 분명 인생 최고의 생일이 될 것만 같았다.

"기뻐해주니 영광이구나. 그럼 얼른 시작해볼까."

이그리트는 바닥에 놓아둔 가방에서 직육면체 하드케이스, 알약이 들어 있는 라벨 없는 병, 생수 페트병, 노트북 네 가지를 꺼냈다. 하드케이스 속에는 지금 그가 쓰고 있는 것과 같은 흰토끼 귀 모양 헤드기어가 들어 있었다. 그는 헤드기어의 전원을 켠 뒤 내게 건넸다.

"자, 우선 이걸 써 봐."

"전원을 켰으니 벌써 전기신호가 나오고 있는 건가요?"

머리에 전기를 흘려보낸다고 생각하니 조금 경계심이 생겼다.

"아니, 아직. 깨어 있는 뇌에 신호를 보내면 혼란스러워져서 약간 숙취를 겪는 것 같은 상태가 되거든. 알약을 먹고 뇌파가 바뀌기 시작하면 헤드기어가 전기신호를 보내는 구조란다."

"그렇군요."

나는 안심하고 헤드기어를 썼다. 두 마리 토끼가 서로 마주보고 있었다.

헤드기어는 가벼워서 오랫동안 쓰고 있어도 고개가 아프지 않을 것 같았다.

"그럼 이제 알약을 먹으렴. 한 알. 먹고 나서 대개 1분 정도면 잠드는데 침대로 갈래?"

처음 만난 사람 앞에서 벌러덩 눕는 것은 역시 창피해서 의자에 앉아 있고 싶다고 대답했다. 대신 담요만 가져와 무릎에 덮었다.

나는 페트병에 담긴 물과 알약 하나를 먹었다.

이그리트는 노트북을 조작하기 시작했다.

"그건 뭐예요?"

"이것도 게임에 필요해. 사실 게임 데이터는 전부 여기 들어 있고, 무선으로 그 헤드기어에 전송하거든."

"아, 그렇구나."

그런 말을 하다 보니…… 몸에 기이한 변화가 일어났다.

온몸에 힘이 빠졌다. 머리가 둔해졌다.

울렁거리는 시야 속으로 웃고 있는 이그리트가 보였다.

왜인지 그 미소가 몹시 사악해 보였다.

착시 현상? 아니면…….

확인할 틈도 없이 세상이 소용돌이치며 블랙홀로 빨려 들어갔다.

마치 깊은 구멍으로 떨어지는 것처럼…….

SOLVE ME

A

♥

그 자그마한 문은 아름다운 정원으로 이어져 있었습니다. 앨리스가 시럽을 마시면 몸이 작아져서 문을 지나갈 수 있었는데, 문을 열 수 있는 중요한 열쇠를 탁자 위에 놓아두고 말았습니다. 그래서 케이크를 먹었더니 몸이 커져 열쇠를 가질 수 있었지만 이번에는 문을 지나갈 수 없게 되었습니다.

♥

차갑고 딱딱하고 납작한 것이 뺨에 닿았다.

눈을 떠 보니 하얀 리놀륨 바닥이었다.

나는 하얀 방 한가운데에 쓰러져 있었다. 체육관처럼 널찍하고 천장이 높은 방이었다.

바닥과 벽과 천장 모두 평평하고 새하얬다. 어디에서 나오는지 모를 무기질의 빛들이 천장 여러 군데에 설치되어 방을 구석구석 비추고 있었다.

따분한 영화 속 한 장면 같다. 신경질적인 주인공이 방구석에서 무릎을 끌어안고 앉아 자문자답하는 장면이 떠올랐다.

방 안에는 두 가지 물건이 있었다. 내 옆에 있는 다리가 세 개 달린 둥그런 유리 탁자와 벽에 나 있는 판초콜릿처럼 생긴 문. 그 외에는 아무것도, 아무도 없었다.

이것이 가상현실인가.

몸을 확인했다. 머리, 몸통, 팔, 다리. 모두 정상이다. 모두 제대로 제자리에 있었다.

옷은 현실세계에서 입고 있던 에이프런원피스를 그대로 입고 있었다. 영문은 모르지만 토끼 귀 머리띠까지 그대로 쓰고 있다.

볼을 꼬집어봤더니 통증이 생생했다.

"ABC"라고 소리 내어 말했더니 "ABC"라고 들렸다.

그야말로 현실이다. 이것이 바로 가상현실이구나. '화이트 래빗'은 굉장한 발명품이구나.

나는 방 안을 살펴보기로 했다.

우선은 가까운 곳에 있는 유리 탁자부터. 이것도 현실과 똑같은 촉감이다. 특별히 다른 점은 없었다. 굳이 말한다면 바닥에 고정되어 있다는 점 정도일까.

다음으로 문 쪽으로 이동했다. 손잡이를 잡았지만 돌아가지 않았다. 잠겨 있는 것 같다.

손잡이에는 열쇠 구멍이 나 있었다. 허리를 숙여 열쇠 구멍을 들여다봤다.

푸른 초원과 파란 하늘이 보였다.

어떻게 하면 밖으로 나갈 수 있을까…… 생각하고 있을 때 등 뒤에서 남자 목소리가 들렸다.

"〈앨리스〉의 세계에 오신 것을 환영합니다."

너무나 갑작스러워서 말 그대로 펄쩍 뛸 정도로 놀라고 말았다. 뒤를 돌아보니 나와 키가 비슷한, 조끼를 입은 흰토끼가 서 있었다. 흰토끼 같은 사람이 아니라 진짜 흰토끼였다.

"당신은 누구세요?"

나는 반사적으로 물었다.

"당신은 누구세요?"

내가 두 번 물은 것이 아니다. 흰토끼가 내 질문을 그대로 따라 한 것이다. 일부러 말투까지 똑같이. 그리고 한숨을 크게 내쉬고는 말했다.

"하아……, 설마 했는데 초장부터 그런 수준 낮은 질문이 튀어 나올 줄이야. '당신은 누구세요?' 당연히 흰토끼잖아. 흰토끼가 아니면 뭔데? 그런 뻔한 걸 굳이 묻다니, '나는 누구?'라고 묻는 것만큼이나 어리석은 짓이라고. 기념비적인 첫 번째 도전자는 어떤 녀석일까 기대했는데, 이래서야 가망 없는 거 아니야?"

빠른 말로 지껄여대는 통에 순간 머릿속이 새하얘졌지만 무슨 말인지 이해하자 화가 치밀어 올랐다.

흰토끼라서 이그리트가 또 다른 '화이트 래빗'으로 내

의식에 침투한 줄 알았는데—그런 일이 가능한지는 모르겠지만—태도가 전혀 달랐다. 아무래도 다른 사람 같았다.

그렇다면 예의를 차릴 필요는 없다. 나는 적이 가장 싫어할 만한 말을 찾아 꺼냈다.

"미안해요. 당신이 흰토끼인지, 아니면 3월토끼인지 확인해야 할 것 같아서요."

3월토끼도 〈앨리스〉에 등장하는 캐릭터인데, 발정기를 맞은 3월의 토끼처럼 머리색이 이상한 캐릭터였다. 그 이름을 듣자 아니나 다를까 흰토끼는 화를 냈다.

"3월토끼라니? 그런 저속한 녀석과 똑같이 취급하지 마! 내 말 새겨들어. 내 털은 아름다운 순백색이고, 그 녀석은 꾀죄죄한 갈색이야. 토끼와 토끼 똥만큼이나 다르다고."

"오호, 토끼 똥은 하얀가 보네요. 몰랐네요."

흰토끼는 순간 말문이 막힌 듯했지만 금세 무언가 말하려고 했다. 하지만 내가 먼저 잽싸게 선수를 쳤다.

"그래서? 볼일도 없는데 말 건 거면 귀를 잡아뜯어 버릴 거야."

흰토끼가 완전히 입을 다물었다. 이겼다. 학교에서는

나를 '말싸움의 여왕'이라며 다들 무서워한다고.

불쌍한 패배 토끼는 헛기침을 하고 말했다.

"〈앨리스〉 세계에 오신 것을 환영합니다."

거기서부터 다시?

"나는 게임 진행을 관리하는 게임 마스터다. 지금부터 규칙을 설명할 테니 그 짧은 귀를 있는 힘껏 세워서 경청하는 게 좋을 거야."

"지금 생각났는데 토끼는 귀가 길어서 악마 같아."

"일일이 태클을 걸지 말도록."

"내가 하고 싶은 말이라고. 먼저 도발한 건 당신이잖아."

"오케이, 오케이. 영혼 없이, 기계적으로 설명하지."

"그러시든가."

"……지금부터 다섯 가지 수수께끼가 너를 기다리고 있을 거야. 제한 시간 안에 모든 문제를 푼다면 너의 승리야. 시간을 관리하는 데는 이걸 쓰도록 해."

흰토끼는 조끼 주머니에서 쇠줄이 달린 회중시계를 꺼내 내밀었다. 〈이상한 나라의 앨리스〉는 흰토끼가 회중시계를 보면서 "이런! 늦겠어"라며 달려가는 유명한 장면부터 시작한다. 원작과 연관된 아이템을 보자 나도 모르게 팬심이 들떴다. 뚜껑을 열어 보니 아날로그 문자판이 12시 5분을 가리키고 있었다. 초침이 현실세계와 같은 속도로 움직였다.

그리고 뚜껑 뒷면에는 하트 모양의 구멍 다섯 개가 X자 모양으로 배열되어 있었다. 트럼프 중 하트 5 카드와 같은 배열이었다.

"시침이 앞으로 두 번 XII를 가리키면 회중시계가 울릴 거야. 그게 게임이 끝났다는 신호야."

"그러니까 제한시간이 24시간이라는 말이네? 길지 않아?"

"여기에서는 24시간으로 느껴지겠지만 현실세계에서는 3시간밖에 되지 않아."

"음, 그러면 조금 긴 꿈을 꾼다고 생각하면 되려나."

"제한시간에 대해서는 이 정도로 하고, 다른 기능에 대해서도 설명할게. 뚜껑 뒤에 하트 모양 구멍이 있잖아, 다섯 개."

"으응."

"수수께끼를 하나 풀 때마다 하트 모양 칩을 하나씩 받게 될 거야. 그걸 그 구멍에 끼워나가는 거지. 게임이 끝나기 전에 구멍 다섯 개를 모두 채우면 네가 이기는 거야."

"문제를 몇 개 풀었는지도 기록해 둘 수 있다는 말이네."

"그래. 멀티 기능 워치지. 어두운 곳에서는 바늘과 문자판이 빛나기도 해."

"생긴 건 완전히 고물 같은데."

흰토끼는 내가 비아냥거리는 것을 무시하고 이야기를 끝냈다.

"시계에 관한 설명은 이상이다."

♥

"제한시간도 있으니 빨리 첫 번째 문제로 넘어가도록 하지."

드디어 첫 번째 문제! 흰토끼가 아무리 싫은 녀석이라도 수수께끼 놀이의 즐거움은 별개다. 나는 회중시계를 에이프런원피스의 오른쪽 허리 주머니에 넣고 자세를 바로잡았다.

"너는 이 방을 나가서 게임을 계속해야 해. 하지만 밖으로 나갈 수 있는 유일한 문은 잠겨 있지. 자, 어떻게 하면 좋을까?"

"비밀 탈출 구멍이라도 있어?"

나는 농담 삼아 미스터리의 정석을 말했는데, "맞아"라는 대답이 돌아와서 깜짝 놀랐다.

"정말 있구나. 그 탈출 구멍을 찾는 것이 첫 번째 문제겠지?"

"흐음, 속편한 생각이군. 탈출 구멍이 있는 곳을 지금부터 알려주지. 따라와."

탈출 구멍이 있는 곳을 알려준다고? 무슨 뜻이지?

나는 고개를 갸웃거리며 흰토끼를 따라갔다. 쓸데없이 넓은 방을 가로질러 문 반대쪽 벽의 한가운데 부분으로 갔다.

"이걸 봐."

그는 벽의 가장 낮은 부분을 가리켰다. 유심히 바라보자 터널 모양의 구멍이 있었다. 탁구공이 딱 지나갈 수 있을 정도의 크기였다.

"쥐구멍이야. 바퀴벌레처럼 납작 엎드려서 들여다보렴."

"그런 비유, 필요 없거든?"

나는 엎드려서 쥐구멍을 들여다봤다. 정확한 거리는 가늠할 수 없지만 조금 떨어진 곳에 똑같은 터널 모양의 출구가 있고 그곳에서 하얀 빛이 보였다.

"이 건물은 방 두 개와 그것을 연결하는 쥐구멍 하나로 지어졌어. 옆방은 이 방과 거의 같은 구조야. 하얗고 넓고 천장이 높지. 방 한가운데에는 유리 탁자도 있어. 다른 점은 두 가지. 문이 없다는 점. 그리고 탁자 위에 이 방 문을 열 수 있는 열쇠가 놓여 있다는 점이야."

"오……. 그러니까 그 말은……."

"뭐야, 벌써 머릿속이 꼬이는 거야? 모자란 두뇌로군."

"바보 취급하지 마! 그러니까 이쪽 방문을 열려면 쥐구멍을 지나 옆방으로 가서 탁자 위에 있는 열쇠를 가져와야 한다는 말이잖아. 하지만 이렇게나 작은 구멍을 사람이 어떻게 지나가냔 말이야."

그렇게 말하면서도 〈앨리스〉의 팬인 나는 앞으로 펼쳐질 전개가 훤히 보였다.

"지금 이 상태로는 안 된다는 의미였어. 퍼즐이 한 조각 더 있잖아?"

"호오, 머리가 조금은 돌아가는군. 일단 유리 탁자가 있는 곳으로 돌아가지."

방 한가운데로 돌아간 흰토끼는 딱 소리가 나게 손가락을 튕겼다. 그러자 유리 탁자 위에 'EAT ME'라고 새겨진 금 상자와 'DRINK ME'라고 새겨진 은잔이 나타났다. 상자에는 정사각형의 납작한 쿠키가 있었고, 잔에는 색이 없고 투명한 액체가 채워져 있었다.

"역시 〈이상한 나라의 앨리스〉와 마찬가지로 몸이 커지거나 작아지는 매직 아이템을 사용하는구나."

그 유명한 장면을 실제로 체험할 수 있다니 팬으로서 더할 나위 없이 행복했다.

원작에서는 분명 쿠키가 아니라 건포도를 얹은 케이크였던 것 같은데……. 뭐, 그런 세세한 것은 상관없겠지.

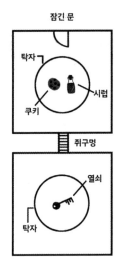

즉시 시험해보려고 손을 뻗었더니 "기다려!"라며 제지당했다. 마치 개에게 명령하는 듯한 말투로.

"걸신 들렸어? 머리의 엥겔지수가 높아진다고."

"그게 뭐야, 머리의 엥겔지수라니."

"먹고 마시는 것밖에 생각하지 않는 바보라는 의미다. 설명 정도는 들으라고."

"네에, 네에. 경청하겠사옵니다."

내가 놀리듯 대꾸하자 흰토끼는 얼굴을 찌푸렸다.

"정말이지……. 방금 네가 말한 것처럼 이 두 가지는 몸 크기를 바꿔주는 아이템이야. 너처럼 머리가 좋지 않은 불쌍한 아이가 혼란스럽지 않도록 이 게임에서 몸 크기는 세 가지로만 설정해놓았다. 머리가 천장에 부딪힐 정도로 큰 '대', 네 원래 몸 크기인 '중', 쥐구멍을 지나갈 수 있을 정도로 작은 '소'. 쿠키를 한 번 먹으면 커지고 시럽을 한 번 마시면 작아지는데, '대'보다 커지거나 '소'보다 작아지지는 않아. 옷과 회중시계도 같이 커지거나 작아지지. 내게 머리를 숙여 부탁하면 이 상자에는 쿠키를, 이 잔에는 시럽을 몇 번이라도 가득 채워줄 수 있어. 내가 도와줄 수 있는 범위는 쿠키와 시럽을 채워주는 것과 규칙을 설명해주는 것뿐이다. 그리고 쿠키와 시럽은 한—."

"잠깐만. 그렇게 한꺼번에 말하면 기억하지 못한다고."

"이런, 이런. 실례했나이다. 네 머릿속에는 먹고 마시는 것밖에 없었지."

"차라리 그냥 먹어 볼까."

나는 이를 드러냈다.

"오오, 무섭군, 무서워." 흰토끼는 양손을 들었다. "자, 이제 알겠지. 쿠키와 시럽을 사용해서 이 건물을 탈출하라. 이것이 첫 번째 문제야."

나는 고개를 갸웃거렸다.

"그런 걸 문제라고 할 수 있어?"

"무슨 뜻이야?"

"너무 쉬운걸."

"호오." 그는 재미있다는 듯 말했다. "그렇게나 쉬워?"

"쉽지. 일단 시럽을 마시고 작아져서 쥐구멍을 통과해. 쿠키를 먹고 커진 다음 탁자 위에 있는 열쇠를 갖는 거지. 다시 한번 시럽을 사용해 작아져서 쥐구멍을 통과하는 거야. 이렇게나 간단한 이야기잖아."

"하지만 옆방에는 쿠키도 시럽도 없다고. 나는 쿠키와 시럽을 이 상자와 이 잔에만 줄 테고, 두 가지 모두 옆방으로 가지고 갈 수 없어."

간단한 이야기를 일부러 질질 끌며 말하니 짜증이
났다.

"쿠키는 부숴서 주머니에 넣어 가지고 가면 되잖아."

말하면서 문득 원작의 케이크를 쿠키로 바꾼 것은 이
때문일까, 라고 생각했다. 케이크라면 주머니가 크림으
로 범벅이 되잖아.

"그렇군. 쿠키는 그러면 되겠네. 그럼 액체인 시럽은
어떻게 할 건데?"

"시럽도 어떻게든 되겠지. 옷에 스며들게 해도 되고,
쥐구멍 바닥을 타고 흐르게 해도 되고."

내가 바로 대답하자 그는 쿨하게 태도를 바꿨다.

"그래, 네가 말한 것처럼 이대로라면 이 문제는 너무
쉽지. 실은 규칙이 하나 더 있다."

나는 맥이 빠졌다.

"뭐야, 한 번에 설명하라고."

"조금 전에 '한 번에 설명하지 마'라고 말한 사람은 너
잖아."

"윽."

정곡을 찌른 핀잔에 대꾸할 말이 없었다.

"다시 한번 쥐구멍으로 가보자."

흰토끼는 잔을 들고는 나를 쥐구멍 쪽으로 이끌었다. 그는 구멍을 손가락으로 가리키며 말했다.

"이 쥐구멍, 누가 만든 것 같아?"

"누구냐니…… 쥐구멍이니까 쥐겠지."

"그건 그런데, 내가 평범한 토끼가 아니라 흰토끼인 것처럼 그 녀석도 평범한 쥐가 아니야. 아마 너도 아는 녀석일걸."

〈앨리스〉에 등장하는 쥐라면…….

"잠쥐?"

"아니, 걔 말고 한 마리 더 있잖아."

"다른 쥐라면…… 설마 무미건조한 이야기로 모두의 몸을 말려주려고 했던 쥐?"

"정답."

〈이상한 나라의 앨리스〉에 이런 에피소드가 있다. 몸이 거대해진 채 원래 크기로 돌아가지 못한 앨리스가 울자 눈물 웅덩이가 생겨서 앨리스와 동물들이 흠뻑 젖고 만다. 그래서 젖은 몸을 말리기 위해 가장 먼저 쥐가 '무미건조(dry)'한 역사 이야기를 시작한다.

이러한 말장난은 〈앨리스〉의 또 다른 매력이다. 유명

하지 않지만 좋아하는 캐릭터가 등장해 반가웠다.

"무미건조한 쥐가 만든 것이니 쥐구멍도 무미건조해. 그 안에서는 이런 현상도 일어나지."

흰토끼는 잔을 기울여 쥐구멍 앞 바닥에 시럽을 부었다. 시럽 웅덩이가 점점 퍼졌다. 그리고 그 가장자리가 구멍 입구에 닿았다.

그런데 닿자마자 그 부분부터 치이익! 하고 철판에 고기를 굽는 듯한 소리를 내며 연기가 되어 사라졌다.

"건조……."

"그래. 쥐구멍으로 들어가는 순간, 시럽은 순식간에 말라버려서 효력을 잃게 돼. 설령 밀폐용기에 넣어둔다고 해도 말이야. 처음에는 모든 액체가 말라붙도록 설정했는데, 시험 삼아 도마뱀 빌을 구멍에 들여보냈더니 순식간에 미라가 되는 바람에 시럽만 건조시키도록 바꿨어."

나는 소름이 돋아서 말했다.

"테스트 플레이라는 거, 참 중요하구나."

"그러게 말이야. 자, 그래서 이 '무미건조한 쥐구멍'으로 인해 어떤 제약이 생길 것 같아?"

"옆방에 쿠키는 가져갈 수 있지만 시럽은 가지고 갈

수 없어. 그렇다는 건 저쪽 방에서는 몸이 커질 수는 있지만 작아질 수는 없다는 말이겠지. 그러니까 몸이 커져서 탁자 위에 있는 열쇠를 얻어도 쥐구멍을 지나 돌아올 수 없어. 그렇구나, 이게 바로 이 문제의 핵심이네."

"그래, 맞아. 자, 이제 내 설명은 끝이야. 지금부터는 네 그 하찮은 두뇌를 풀가동하도록 해."

♥

나는 머릿속으로 요점을 정리했다.

방 문을 열 수 있는 열쇠는 옆방 유리 탁자 위에 있다. 옆방에 가려면 쥐구멍을 지나가야 한다.

몸 크기는 '대', '중', '소' 세 종류. 쿠키를 한 번 먹으면 한 단계 커지고, 시럽을 한 번 마시면 한 단계 작아진다. 흰토끼에게 부탁하면 상자와 잔에 쿠키와 시럽을 몇 번이고 채울 수 있다.

시럽은 쥐구멍에 들어가면 사라진다.

이 정도면 되겠지?

그래, 일단 옆방에 가보자. 백문이 불여일견. 현장을 직접 보면 무언가 떠오를지 모른다.

게다가 흰토끼의 설명을 곧이곧대로 받아들이는 것도

위험하다. 상대가 명백히 거짓말을 한다면 반칙을 당했으니 운이 없었다 치더라도, 잘못된 방향으로 유도하는 서술 트릭이라면 무언가 속임수가 있을지도 모른다.

그러니까 우선 시럽을 마시고 옆방으로 가자.

"잔을 줘."

나는 흰토끼에게 받은 잔에 입을 댔다.

그 순간, 곁눈으로 그의 얼굴이 보였다.

사냥감이 덫에 걸리기를 기다리는 눈빛…….

나는 깜짝 놀라 잔에서 입을 뗐다. 녀석이 무언가 꾸미고 있다. 그런데 도대체 무슨 함정이지?

가만히 생각했다. 그리고 깨달았다.

지금 이것을 마시면 안 된다.

지금…… 당장 아무것도 준비하지 않은 단계에서는.

나는 탁자에서 쿠키를 집어 부순 다음 바닥에 뿌렸다.

흰토끼는 노골적으로 혀를 찼다.

"뭐야, 재미없게. 맞아, 작아지면 탁자 위에 손이 닿지 않지. 하지만 쿠키는 탁자 위에만 있고, 나는 탁자 위 상자 안에만 쿠키를 채워줄 수 있어. 내가 도와줄 수 있는 건 쿠키와 시럽과 규칙 설명뿐이니까 쿠키를 바닥에 내려주거나 하지 않지. 그러니까 몸이 작아지기 전에 탁자 밑에서도 쿠키를 확보할 수 있도록 해놓지 않으면 문제를 풀 길이 거의 막혀버리고 말아."

'거의'는 무슨, '완전히' 막혀버리는 것 아닌가. 커지거나 작아지기 전에 미리 준비를 해두지 않으면 속수무책이 되어버리고 마는 것은 원작과 똑같구나.

나는 마음을 가다듬고 시럽을 마셨다. 설탕의 단맛이 입속에 퍼지며 코에서 과일향이 느껴졌다. 미각과 후각도 현실처럼 완전히 재현됐다. '화이트 래빗', 대단한 발명품이라고 거듭 생각했다.

다음 순간, 온몸이 훅 추워졌다. 잔이 손에서 미끄러져 떨어졌다— 아니, 잔을 들 수 없을 정도로 손이 작아진 건가.

몸이 작아지고 있었다.

발치를 보니 바닥이 나를 빨아들일 기세로 가까워졌다. 나도 모르게 눈을 감았다.

한기가 멎었다.

살며시 눈을 뜨니 쥐구멍을 서서 지나갈 수 있을 정도로 몸이 작아져 있었다.

내 몸보다 큰 잔이 쥐구멍 쪽으로 넘어져 거대한 시럽 웅덩이를 만들었다.

이렇게나 작아진 거야?

뒤를 돌아보니 거대한 흰토끼가 나를 내려다보고 있었다. 방금 전까지는 말싸움에 약해 보이던 그도 이렇게나 체격이 차이가 나니 신변에 위협을 느끼게 했다. 지금은 도발하지 말자.

이런 생각을 하고 있는데,

"비참한 물벼룩이 된 소감은?"

고막이 찢어질 것 같은 엄청나게 큰 소리가 쏟아져 내렸다. 이 정도 체격 차면 평범하게 말해도 폭력이 되는구나.

"좀 더, 작은 소리로, 말해줘!"

내가 소리쳤다.

"오……, 뭐라고?"

또다시 쏟아지는 굉음.

내 목소리는 오히려 너무 작아져서 들리지 않는 것 같다. 무엇보다 흰토끼니까 일부러 저렇게 행동할 가능성도 무시할 수 없다.

나는 방금 전에 바닥에 뿌려놓았던 쿠키 조각을 주머

니에 넣고 도망치듯 서둘러 쥐구멍으로 들어갔다.

앞뒤 입구에서 빛이 들어왔지만 구멍 안은 거의 캄캄했다. 팔을 양옆으로 쭉 뻗어도 양쪽 벽에 동시에 닿을 수 없을 정도의 폭이었다.

그러고 보니 흰토끼는 옆방에 대해서는 이것저것 설명했지만 이 구멍에 대해서는 무미건조하다는 점밖에 설명하지 않았다. 이곳에 어떤 장치가 있을지도 모른다. 하지만 어두워서 아무것도 보이지 않는데…….

맞다, 회중시계. 어두운 곳에서는 바늘과 문자판이 빛난다고 했지.

나와 똑같이 줄어든 회중시계를 주머니에서 꺼내 뚜껑을 열었다. 푸르스름한 빛이 나오면서 쥐구멍 안을 희미하게 비췄다.

빛에 의지해서 이리저리 살피며 걸었다. 하지만 아무것도 발견하지 못한 채 출구에 다다랐다. 구멍의 길이는 체감상 1미터 내외가 아닐까 생각했다.

일단 쥐구멍을 나왔다. 조명에 눈이 부셨다.

그곳은 내가 처음 떨어졌던 방과 똑같이 크고 하얀 방이었다. 흰토끼의 설명대로 문은 없으며, 방 한가운데에는 유리 탁자가 하나 있었다.

이 몸으로는 탁자 근처까지 가는 것만으로도 힘에 부쳤다. 쿠키를 먹고 몸을 키우고 싶었지만 다시 작아질 수단이 없는 이상, 그럴 수는 없었다. 어쩔 수 없이 나는 탁자를 향해 오래달리기를 시작했다.

……그리고 마침내 도착.

어깨를 들썩거리며 가쁜 숨을 몰아쉬었다. 처음 도착했던 방에 있는 것과 똑같은, 다리가 세 개 달린 둥그런 유리 탁자였다.

그 위에 놓인 금속으로 만든 열쇠가 유리판 너머로 보였다. 저 열쇠를 옆방으로 가져가기만 한다면 이긴다. 몸이 커지지 않으면 열쇠에 닿을 수 없고, 몸이 커지면 쥐구멍을 지나갈 수 없다. 어떡하면 좋을까.

나는 방 전체를 둘러봤다. '이 건물은 방 두 개와 그것을 잇는 쥐구멍 하나로 이루어져 있다'고 분명히 설명했으니 숨겨진 탈출구는 없을 것이다. '쿠키도 시럽도 없다'고 했지. 하지만 그 밖에 무언가가 나올지도 모르니까 일단 구석구석 조사해볼까? 그렇지만 이런 몸으로는 몇 시간이 걸릴지 모른다. 게다가 왠지 모르겠지만 이곳에는 답이 없는 것 같다는 생각이 들었다. 분명 직접 발로 뛰며 하는 조사보다 순간에 번뜩이는 재치가 필요

할 것이다.

나는 탐색이 아니라 사색에 집중하기로 했다.

그 결과 가장 먼저 떠오른 것은 어떻게든 탁자를 쓰러뜨릴 수 없을까 하는 생각이었다. 그렇게 할 수만 있다면 몸이 작은 상태로도 열쇠를 손에 넣을 수 있다. 이거 굿 아이디어 아니야?

그런 생각으로 탁자 다리를 밀어보았지만 꿈쩍도 하지 않았다. 자세히 살펴보니 옆방과 마찬가지로 탁자 다리가 바닥에 고정되어 있었다. 설사 고정되어 있지 않았다 하더라도 작은 몸으로는 아마 밀어 넘어뜨릴 수 없었을 것 같다.

하지만 옳은 방향으로 나아가고 있다고 생각했다. 이 방에 시럽을 들고 올 수 없는 이상 어떻게든 몸이 커지지 않은 상태에서 열쇠를 가져와야 한다. 또 어떤 방법이 있을까.

예를 들면…….

탁자를 기어 올라갈까?

무리야. 절대 안 돼. 미끄러운 데다 손으로 잡을 만한 곳도 없고, 만에 하나 탁자 다리를 타고 올라갔다고 해도 맞닥뜨리는 곳은 탁자 유리판 뒷면이다. 그다음에 어떻게 유리판 위로 올라가겠다는 것인가? 이 방법은 아니다.

그러면…….

탁자를 부숴버릴까?

유리는 깨지기 쉬우니까 넘어뜨리거나 타고 올라가는 방법보다는 현실적일지도 모른다. 나는 한쪽 신발을 벗고 탁자 다리를 발뒤꿈치로 차보았다. 그러나 희미하게 웅웅거리는 소리만 날 뿐이다. 몇 번 시도했지만 실금 하나 가지 않았다. 크기가 이 정도로 차이나면 유리도 강철 같은 존재가 되나 보다. 몸이 커지면 간단하게 부술 수 있겠지만 그래서야 의미가 없다.

음, 몸이 커진 다음에 부순다고?

그래, 부수고 싶은 것은 또 있었지!

나는 일단 처음 이곳에 떨어졌던 방으로 돌아가기로 했다.

쥐구멍을 빠져나와 주머니 속에 넣어두었던 쿠키를 입에 넣었다. 밀가루와 버터의 담백한 맛이 느껴지더니 온몸이 후끈 뜨거워졌다. 몸 크기가 '중'으로 돌아갔다.

흰토끼가 아니꼬운 목소리로 말했다.

"설마 아무런 소득도 없이 돌아온 건 아니겠지?"

"음, 두 개 정도 떠올랐어. 지금부터 커질 테니까 말려들고 싶지 않으면 떨어져 있어."

나는 그에게서 물러서며 다시 쿠키를 먹었다.

'대'는 천장에 머리를 부딪칠 정도의 크기라고 흰토끼가 말했기 때문에 미리 쭈그리고 앉았다. 역시 나야. 똑똑해—.

"아얏!"

쭈그리고 앉았어도 머리를 부딪쳤다. 아무리 애를 써도 부딪칠 정도의 크기라는 의미였어?

심지어 몸은 계속 커졌다. 나는 순간적인 판단으로 뒤로 나동그라졌다.

둥, 하는 소리와 함께 방 전체가 흔들렸다. 정말 이런 섬세하지 않은 연출이라니.

동시에 계속 커지던 몸이 멈췄다.

나는 이제 체육관 크기인 이 방의 약 팔 분의 일을 차지하고 있었다. 보통 크기의 방이었다면 압사했을 것이다. 이 방이 쓸데없이 넓은 데는 이유가 있었던 것이다.

나는 몸을 뒤척이며 엎드렸다.

떠올랐던 생각 하나.

흰토끼는 시럽을 잔에만 채워준다. 그러나 잔은 쥐구

멍을 지나갈 수 없다. 그렇다면 잔이 쥐구멍보다 작아지도록 거인의 힘으로 찌그러뜨리거나 부수면 되지 않을까. 그렇게 옆방으로 가지고 가서 벽 너머에 있는 흰토끼에게 잔을 채워달라고 부탁하면 옆방에서도 시럽을 얻을 수 있지 않을까. 이렇게 생각한 것이다.

나는 거대해진 발을 은잔 위에 올린 뒤 힘껏 힘을 줬다.

그러나 잔은 꼼짝도 하지 않았다. 이것도 실패인가.

그럼, 떠올랐던 생각 둘.

나는 일단 방의 반대편까지 가서 도움닫기 거리를 확보한 다음, 쥐구멍이 있는 벽을 향해 코뿔소처럼 네 발로 돌진했다.

그러고는 숄더 어택!

충격음과 함께 방 전체가 흔들렸다. 만약 옆방의 유리 탁자가 바닥에 고정되어 있지 않았다면, 이 행위를 반복해서 탁자를 쓰러뜨렸을지도 모른다. 그러나 실제로는 고정되어 있기 때문에 내가 노리는 것은 따로 있었다.

나는 다시 한번 벽에 부딪쳤다. 어깨가 아팠다. 하지만 벽도 이 통증과 비슷한 수준의 충격을 받았을 것이다. 이 방법을 반복해 벽을 부술 수 있다면 손쉽게 열쇠를 가지고 돌아올 수 있다.

쿵! 쿵! 쿵!

그런데 아무리 부딪쳐도 벽은 꿈쩍도 하지 않았다.

마침내 나는 실수를 깨달았다.

그래, 이 방법도 아니구나.

추리소설의 등장인물이 부딪쳐야 하는 것은 벽이 아니다.

잠겨 있는 문이다.

나는 문이 있는 벽으로 향하면서 문제를 떠올렸다.

쿠키와 시럽을 사용해 이 건물을 탈출하라.

문제가 요구하는 것은 탈출이지 열쇠를 얻는 것이 아니다.

옆방의 존재 자체가 가짜 단서다. 답은 매우 간단해서 거인의 힘으로 출입문을 부수기만 하면 된다.

그렇다고 해도 지금 상태로는 문이 너무 작아서 몸으로 부딪칠 수 없다. 여러 가지 시험을 해본 결과, 드러누워서 신발 바닥으로 걷어차는 방법이 충격을 가장 효과적으로 줄 수 있을 것 같았다.

쿵! 쿵! 쿵!

그런데……. 문은 이번에도 꿈쩍하지 않았다.

"어째서 이렇게 튼튼한 거야!? 건축 기준법 지킨 거 맞아!?"

"잠깐, 조용히 좀 하라고."

흰토끼의 항의가 희미하게 들려왔다. 크기가 역전된 지금, 내 목소리가 굉음처럼 들리는 모양이었다. 이제 알겠지? 자기는 아까 전혀 배려하지 않은 주제에.

나는 드러누운 채 팔다리를 마구 휘저으며 고함을 질렀다. 그 순간 팔에 맞은 탁자가 쓰러졌다.

추리가 번번이 막혔다. 다른 방법이 있을까. 모르겠다. 더 이상 아무 생각도 떠오르지 않는다. 무력감에 머리가 멍해졌다.

어머니가 했던 말이 떠올랐다.

—네 재능으로는 명탐정이 될 수 없어.

역시 나는 재능이 없는 걸까…….

그때, 흰토끼가 비아냥거렸다.

"뭐야, 겨우 이 정도야? 역시 별 거 아니었네."

아니야, 나는 명탐정이 될 거라고!

나는 눈을 부릅떴다.

그때 바닥에 흩어져 있는 쿠키가 보였다. 조금 전 탁자가 쓰러질 때 바닥에 쏟아진 것일까.

그 미니어처 같은 광경을 바라보고 있는 사이에 머릿속이 번뜩였다.

"알겠다! 드디어 알겠어! 어째서 이렇게 간단한 걸 지금까지 눈치채지 못한 거지!?"

"알아차린 것은 좋다만, 좀 더 조용히……."

"내 사전에 수수께끼란 없어!"

내가 입버릇처럼 하는 말을 있는 힘껏 크게 소리치자, 음압 때문에 흰토끼가 나동그라졌다.

♥

나는 잔 앞에 쏟아진 시럽 웅덩이에 혀끝을 댄 뒤 '중'으로 돌아왔다.

"진짜 알겠어? 또 착각한 거 아니야?"

"이번에야말로 완벽하다고. 지켜보기나 해."

나는 흩어진 쿠키를 모아서 상자에 담아 들고 출입문으로 향했다.

걷는 동안, 뒤따라오는 흰토끼에게 내 추리를 말했다.

"힌트는 두 가지였어. 하나는 원작의 'EAT ME'는 케이크였는데 이 게임에서는 쿠키로 바뀐 것. 케이크를 주머니에 넣었다가 크림 때문에 더러워질까 봐 바꾼 줄 알았는데, 진짜 이유는 따로 있었지. 나머지 하나는 쿠키를 몇 번이나 채워준다는 규칙이야."

"그게 왜?"

"생각해보라구. 쿠키는 한 입만 먹어도 충분히 효과를 발휘하지. 그런 쿠키가 상자에 가득 차 있어. **평범하게 사용한다면 다시 채울 필요가 없지. 뒤집어 생각해보면 평범하지 않은 방법을 쓰라는 말이야.**"

"평범하지 않은 방법이라고?"

"아이 참, 지켜보라니까."

출입문이 있는 곳까지 가서 상자 속 쿠키를 바닥에 늘어놓았다.

탁, 탁, 탁.

그러는 사이에 상자가 점점 비었다.

"자, 채워줘."

"규칙을 설명할 때 말한 것처럼 '내게 머리 숙여 부탁한다면'."

"칫."

굴욕이지만 게임을 통과하려면 어쩔 수 없었다. 나는 고개를 꾸벅이며 말했다.

"쿠키 좀 보충해줄래?"

"으응? 그게 부탁하는 사람의 태도야?"

"……쿠키를 채워주세요. 부탁드립니다."

"오냐."

만족스러운 듯 흰토끼가 딱 하고 손가락을 튕기자 상자 속에 쿠키가 가득 채워졌다.

쿠키를 다시 배치하기 시작했다. 다 떨어질 때마다 계속 보충했다.

탁. 탁. 탁.

꾸벅.

딱!

탁. 탁. 탁.

꾸벅.

딱!

……우씨, 이건 분명 몇 번이나 내 고개를 숙이게 하려고 만든 문제일 거야!

나는 홧김에 말했다.

"좀 도와줘!"

"내가 도와주는 건 쿠키 보충과 규칙 설명뿐이라고 말했잖아."

"아니, 근데, 이제 거의 정답을 맞혔잖아."

"너 정말 귀찮게 하는구나."

"내가 하고 싶은 말이라고!"

쿠키를 집중해서 쌓아올리기 시작했다.

"꽤 멋지게 정답을 풀 생각이었는데 실제로 해보니 폼이 안 나는 작업이야. 시간도 걸리고."

"이 풀이는 훨씬 나은 편이야. 다른 하나는 시간이 정말 오래 걸린다고. 한나절쯤?"

"한나절이나!? 혹시 방 안에 시럽을 채워서 열쇠 구멍까지 헤엄쳐간다거나 하는 방법이야?"

"이런 이런, 쥐구멍은 진즉에 잊어버린 모양이군. 시럽을 이 방 안에 채우려고 해도 쥐구멍으로 계속 흘러가서 말라버리니까 수위는 높아지지 않는다고."

"그러면 어떤 다른 풀이가……."

"출제자에게 묻다니 자존심도 없느뇨? 스스로 생각해보게나."

"흥, 됐어. 시간이 걸리지 않는 정답을 겨우 찾았으니까 말이야. ……엇, 다 됐다!"

내가 만든 것은 계단이었다. 문에 가까워질수록 쿠키를 한 개씩 더 쌓아 손잡이를 향해 계단 모양을 만들었다. 케이크가 아니라 평평하고 딱딱한 쿠키이기 때문에 할 수 있는 방법이었다. 바닥에 쏟아져 흩어졌던 쿠키들을 본 순간, 이 계단이 머릿속에 꽂히듯 보였다.

"이제 작아지기만 하면 돼."

나는 잔에 시럽을 채워달라고 부탁한 뒤, 이제 끝이라며 신이 나 다 마셨다. 몸이 작아지자 계단을 뛰어올라갔다. 손잡이에 도착하기까지 시간은 오래 걸리지 않았다.

그리고 지금, 눈앞에 열쇠 구멍이 있다. 이제부터 나아갈 저 너머로 초원과 하늘이 보였다.

옆방이 레드 헤링*이라는 짐작은 틀리지 않았다. 열쇠 따위 필요 없다, 열쇠 구멍만 있으면.

몸을 작게 만든 뒤 열쇠 구멍으로 빠져나간다. 이것이 정답이다.

---

* 주의를 돌리거나 혼란을 유도해서 상대방을 속이는 일.

열쇠 구멍은 쥐구멍보다 작으니 서서 지나갈 수는 없지만 다리부터 빠져나가면 무사히 통과할 수 있을 것이다. 하체가 먼저 밖으로 빠져나갔을 때 주머니에 넣어 둔 마지막 쿠키 조각 하나를 꺼낸 뒤 몸을 젖혀 다리부터 떨어지도록 했다. 그리고 떨어지는 사이에 쿠키를 먹었다.

그러자 허공에서 몸이 커지면서 깔끔하게 착지, 까지는 하지 못해 풀밭에 엉덩방아를 찧었다. 아얏!

하지만 클리어했다.

탁 트인 파란 하늘 아래서 수수께끼를 푼 기쁨을 만끽하고 있는데 귓가에 "물렀거라!" 하는 소리가 들렸다.

나는 일어나서 뒤를 돌아봤다.

그곳에는 참으로 기묘한 광경이 펼쳐졌다.

문이 있다. 아니, 나는 문의 열쇠 구멍을 통해 밖으로 빠져나왔으니 그 자체로는 이상한 일이 아니다. 하지만 문 뒤에는 건물이 하나도 없었다. 문 하나만이 덩그러니, 드넓은 초원 한가운데에 서 있었다.

그 문의 열쇠 구멍에서 하얀 솜털 같은 것이 튀어나왔다. 그것은 허공에서 점점 커지며 흰토끼가 되어 착지했다. 나와 같은 방법으로 탈출한 듯했다.

흰토끼가 손가락을 튕기자 문은 윗부분부터 희미해지며 사라져갔다.

멀찍이 있던 흰토끼가 어안이 벙벙한 내게 하트 모양 칩을 던졌다.

"첫 번째 문제 통과. 뭐, 이 정도도 풀지 못하면 곤란하지만 말이야."

나는 오른쪽 허리 주머니에서 회중시계를 꺼내 뚜껑 뒷면에 난 구멍에 칩을 끼워 넣었다.

앞으로 네 문제. 좋았어, 힘내자구.

♣ 두 번째 수수께끼 ♣

공작부인

2
♥

그 집에는 아기를 안은 공작부인, 개
구리 하인, 여자 요리사, 히죽히죽 웃고
있는 체셔 고양이가 있었습니다. 요리사
가 수프에 후추를 너무 많이 넣어서 모
두 재채기를 했습니다. 앨리스는 공작부
인이 떠맡긴 아기를 달랬지만 아기는 돼
지가 되어버리고 말았습니다.

♥

우리는 지금 자그마한 언덕에 있었다. 그곳에서는 주변 일대를 삼백육십도로 바라볼 수 있었다. 화창하고 평화로운 전원 풍경이었지만 수상쩍은 분위기를 풍기는 분홍색과 보라색이 곳곳에 어른거렸다. 방심할 수 없는 〈앨리스〉세계다.

"자, 이제 어디로 가야 해?"

"내 귀를 보게나."

"뭐라고? 갑자기 무슨 변태 같은 말을 하는 거야."

"3월토끼와 똑같이 취급하지 말라고 했잖아! 이거 봐, 내 귀, 구부러졌지!"

흰토끼는 몹시 화를 내면서 자신의 귀를 가리켰다. 확실히 조금 전까지만 해도 곧게 뻗어 있던 흰토끼의 양쪽 귀가 지금은 중간쯤에서 구부러져 있었다.

"이게 바로 '이상한 나라의 안테나'다. 흰토끼의 귀 끝이 가리키는 방향으로 가면 수수께끼가 기다리고 있지."

"그렇구나. 이쪽으로 가면 되는구나."

나는 그의 귀가 가리키는 방향으로 걷기 시작했다. 그런데 뒤따라오는 흰토끼의 귀는 계속 구부러진 상태였다. 보다 못한 내가 말했다.

"그거 힘들지 않아? 그냥 말로 안내해도 되잖아."

그러나 흰토끼는 귓등으로도 듣지 않았다.

이상한 나라의 안테나를 따라 얼마간 걷자 숲이 병풍처럼 둘러 있는 마을에 도착했다.

십여 채의 민가, 밭, 돼지우리……. 농촌이다.

마을 사람들―〈앨리스〉 세계답게 인간 형태의 사람과 동물 형태의 사람이 있다―이 드문드문 흩어져 농사를 짓고 있었다.

회중시계를 보니 13시였다. 게임이 시작된 지 한 시간이 지났고, 한 문제를 푼 상태.

앞으로 어떤 문제가 나올지 모르기 때문에 방심할 수 없지만 현재로써는 순조롭다고 할 수 있지 않을까.

마을 사람들을 지나쳐 가는데 그들이 농사일을 멈추고 흰토끼에게 인사했다.

"이야, 흰토끼 씨."

"오늘은 날씨가 좋네요."

……

흰토끼는 이 근방에서 얼굴이 상당히 알려진 인물 같았다.

그와 함께 마을을 돌아다닌 결과, 이상한 나라의 안테나가 집 한 채를 가리킨다는 사실을 알게 되었다.

마을 가장 안쪽에 있는 제일 큰 집이었다. 이층집에 지붕은 납작했다.

보이는 창문들에 전부 커튼이 쳐져 있어 집 안이 보이지 않았다. 모든 창문이 검게 그을린 것처럼 더러웠다. 무슨 일일까.

집 바로 뒤에는 깊은 숲이 입을 쩍 벌리고 있었다.

이 집에 두 번째 문제가 있겠지. 하지만 들어가기 전에 정보가 필요하다.

때마침 타이밍 좋게 마을 사람이 지나갔다.

두 발로 걷는 성인 남성 크기의 돼지가 네 발로 걷는 새끼돼지 다섯 마리를 줄로 묶어 산책시키고 있었다.

"저기……."

나는 큰 돼지에게 말을 걸었다. 그런데 큰 돼지는 나를 무시하고 흰토끼에게 말을 걸었다.

"이야, 흰토끼 씨. 당신도 가축을 산책시키고 있습니까?"

"네, 패티 씨. 이 녀석들은 운동을 안 시키면 금방 뚱뚱해지고 마니까요."

"거참, 그러게 말이에요."

이 따위의 대화를 나누며 동물 두 마리가 와하하 웃었다. 내가 끼어들었다.

"잠깐, 나는 인간이라고. 설마 토끼 귀 밴드를 하고 있다고 나를 토끼로 착각하는 건 아니겠지?"

패티라고 불린 덩치 큰 돼지는 어리둥절한 얼굴로 말했다.

"네가 인간이라는 건 알아. 하지만 인간이라고 가축이 아닐 이유는 없지."

말이 안 통해, 상식이 달라.

나는 반박하지 않고 원래 하려던 질문을 했다.

"그건 그렇고, 이 큰 집에는 누가 살아?"

"누가 사냐니? 그야 공작부인이지."

"그 공작부인 말인데, 으음, 혹시 이상한 점 같은 거 없어?"

"이상한 점? 그 집은 수수께끼투성이지. 항상 아기 돼지를 안고 있지를 않나, 집 안이 온통 후추로 가득하지를 않나."

아, 원작에도 등장하는 에피소드다. 그 유명한 체셔 고양이가 처음 등장하는 장면인데, 디즈니 애니메이션에서는 편집당하기도 했고, 에피소드 자체는 잘 알려지지 않았을지도 모른다. 나도 특별히 좋아하는 에피소드는 아니다. 사실 논리성이 〈앨리스〉의 매력이라고 생각하는데, 이 장면은 종잡을 수 없어서 너무 난센스처럼 느껴지기 때문이다.

생각에 잠겨 있는데 패티가 자신이 한 말을 정정했다.

"아니, 이상하다기보다는 불쌍하다고 해야 하나. 옛날에는 말하기 좋아하는 사람이라 우리 마을 사람들도 집에 자주 놀러 가곤 했는데, 지난달에 남편이 병으로 사망한 데다가 본인은 사산까지 하면서 좀 이상해졌어. 갑자기 온 집 안을 후추투성이로 만들더니, 내게 새끼돼지를 한 마리 팔라고 하지 뭔가. 거절할 이유가 없어서 팔긴 했는데 그 새끼돼지를 어떻게 썼냐 하면, 놀랍게도—."

"잠깐만, 당신 왜 당신 자식을 판 거야?"

"뭐라고? 나는 홀아비인데? 자식이 없어."

"어랏, 그럼 지금 데리고 있는 새끼돼지 다섯 마리는……?"

"이 녀석들은 조금 전에도 말했듯 가축이라고! 나는 양돈업자니까. 돼지를 길러서 식용으로 납품하는 것이 내 일이야."

나는 충격을 받았다.

"무슨 소리야……. 같은 돼지를 판다니……. 그것도 식용으로……. 당사자들 앞에서 그런 말을 해도 돼!?"

"무슨 소리야, 우리 양돈장에서 말을 알아듣는 건 나뿐이야. 그보다, 이봐 아가씨, 이유는 모르겠지만 놀란 것 같은데 인간은 그런 일 안 해?"

"인간도 돈 때문에 동족을 죽이곤 하죠."

흰토끼가 말참견을 했다.

…….

새끼돼지 다섯 마리가 이상하다는 얼굴로 나와 패티와 흰토끼의 얼굴을 번갈아 쳐다봤다.

"그래서?"

나는 이 화제를 흘려보내기로 했다.

"공작부인은 당신에게 산 새끼돼지를 어떻게 했는데?"

"아아, 자식처럼 애지중지 기르고 있어. 반려동물 같

은 게 아니라 진짜로 자기 자식이 살아있다고 믿는 것
같아. 불쌍하게도 말이야."

원작에서는 사람인 아기가 갑자기 돼지로 변해버리
는데 이 게임에서는 처음부터 돼지인 설정인 것 같다.

내가 원작을 떠올리고 있는데 패티가 머뭇거리며 말
했다.

"뭐, 요즘 같은 세상엔 차라리 아이가 죽어서 다행일
지도 모르겠지만."

그는 말을 꺼내자마자 황급히 입을 다물었다.

"죽기를 잘했다고? 그게 무슨 뜻이야?"

"아, 아무것도 아니야. 방금 건 잊어줘."

왜 말을 하다 말아. 도대체 무슨 뜻일까. 궁금한데 더
이상 캐물을 수 없을 것 같았다.

어차피 직접 가보면 무슨 뜻인지 알게 되겠지.

나는 돼지들에게 이별을 고하고 공작부인의 저택 앞
으로 돌아갔다.

그리고 흰토끼에게 물었다.

"아이가 죽어서 다행이라고 하던데, 무슨 뜻이야?"

"글쎄 말이다."

"글쎄, 라니 뭐야. 알고 있으면서."

"당연히 알지. 너와 달리 무지하지 않으니까. 하지만 나는 게임의 마스터다. 수수께끼 풀이에 관한 질문에는 원칙적으로 대답할 수 없어."

그렇다는 말은 두 번째 문제와 관련 있다는 뜻이겠지. 하지만 지금 단계에서는 이 이상 깊이 관여할 생각은 없어 보인다.

"흐음, 그런 입장이란 말이지. 알겠어, 그럼 이제 평생 말 안 걸게. 토끼니까 외로워서 죽을지도 몰라."

"그건 엉터리 정보야. 토끼는 세력권 의식이 강해서 무리를 짓지 않아. 독불장군이지."

"토끼인지 늑대인지 확실히 하라고."

이런 잡담이나 계속 나누고 있을 여유는 없다.

나는 문을 두드렸다. 그러나 대답은 없었다. 문이 잠겨 있지 않아서 내 마음대로 문을 열었다.

문을 연 순간, 검은 연기가 뭉게뭉게 퍼지는 바람에 흰토끼는 동시에 재채기를 했다. 불이 났나? 아니야, 이 것은 후추 냄새다. 후추가 온 집 안에 가득했다.

"이건, 엣취, 들었던 것보다, 에이취, 훨씬 심하네."

우리는 코와 입을 가리고 연기 속으로 들어갔다.

바로 옆에 있는 흰토끼가 희뿌옇게 실루엣으로만 보

였다. 그만큼 엄청난 연기였다. 몇 발짝 앞은커녕 발밑조차 보이지 않았다.

"실례합니다" 라고 입을 연 순간, 후추를 잔뜩 마셔버리고 말았다.

"실ㄹ, 엣취, 합니, 엣취."

재채기가 겨우 멈춰서 다시 시도했다.

"엣취, 합니다."

이래서야 안에 있는 사람에게까지 들릴 리가 없다.

어쩔 수 없이 허락 없이 들어가기로 했다.

연기 탓에 벽조차 보이지 않는다. 손으로 더듬더듬 벽을 찾아 한 손으로 짚은 채 걸었다. 그러다가 문이 하나 열려 있기에 방안을 들여다봤다.

연기 너머로 풍경이 어슴푸레 보였다. 거실 같은 방이었다. 호리호리한 여성이 소파에 앉아 앞섶을 풀고 아기에게 젖을 먹이고 있는 듯한 실루엣. 공작부인과 그녀가 패티에게 산 새끼돼지일까.

"실례합니다."

말을 걸자 그녀가 번개같이 이쪽을 바라봤다. 그녀는 당황한 모습으로 아기를 소파에 두고 옷을 입기 시작했다. 그리고 후추 탓인지 여성이 있는 방향에서 칼칼한 목소리가 날카롭게 날아왔다.

"누구냐!"

나는 멈칫하고는 재채기를 하며 대답했다.

"나는, 엣취, 앨리스예요. 당신은, 엣취, 공작부인인
가요?"

"아니, 나는 '엣취, 공작부인' 따위가 아닙니다. 엣취,
'공작부인'입니다."

상대도 재채기를 하면서 말했다—이하 대화 중 재채
기는 생략—. 옷을 입는 데 시간이 걸리는지 아직도 바
스락거리고 있었다.

나는 영문을 알 수 없어 되물었다.

"둘 다 똑같은 말 아냐?"

"만약 똑같이 들린다면 당신이 교양이 없기 때문이
겠죠."

"뭐라고?"

"그보다 당신, 어떻게 들어왔죠?"

그보다, 라니 무슨…… 이라고 생각했는데, 다시 냉
정하게 생각해보니 정당한 질문이었다.

"문이 안 잠겨 있길래."

"문이? 문단속을 엄중히 하라고 평소에 그렇게 일렀

거늘 문을 잠그는 걸 누가 잊은 모양이군. 흠, 그건 나중에 확인하기로 하고, '엣취, 앨리스'라고 하셨죠. 당신은 문만 열려 있으면 모르는 사람의 집이라도 함부로 들어갑니까?"

"그야 평소라면 그러지 않지만⋯⋯."

이 세계에 사는 사람들은 RPG 게임의 민가처럼 아무나 들어가도 환영해주는 줄 알았는데 이런 반응은 뜻밖이었다.

"어쨌든 지금 당장 나가주시죠."

"알겠어."

어쩔 수 없이 나가려고 했다.

그런데 그때 믿을 수 없는 일이 벌어졌다. 공작부인이 나를 불러 세워 이렇게 말했던 것이다.

"아, 잠시 기다리시겠어요? 지금부터 늦은 점심 식사를 하려고 하는데, 이것도 인연이니 드시고 가시는 건 어떤가요?"

"웅?"

왜 갑자기 태도가 바뀌었을까, 이상해!

이상하다고 생각하면 밝혀내고 싶은 것이 탐정의 습성.

"그럼 사양 않고 대접을 받도록 하지요."

♥

공작부인은 아기를 안아 올리며 나와 흰토끼를 식당으로 안내했다.

식당은 연기가 특히 심해서 재채기도 더욱 심해졌다. 주방에서 누군가가 큰 냄비에 후추를 엄청나게 뿌리고 있는 것 같았다. 저것이 집 안을 온통 후추천지로 만든 원인일 것이다.

식탁에는 이미 한 사람이 앉아 있었다. 우리가 다가갈수록 거리가 점점 가까워지면서 서로의 모습을 희미하게나마 확인할 수 있었다.

먼저 자리에 앉아 있는 사람의 정체는 하인 복장을 한 성인 남성 크기의 개구리였다.

공작부인은 실루엣으로 대략 짐작했던 대로 삼십 대 정도의 인간 여성이었다. 값비싸 보이는 옷과 장신구로 차려 입었는데 어딘지 모르게 수척해 보였다. 그녀가 안고 있는 포대기 사이로 돼지 머리가 보였다.

갈색 피부에 이마에 점을 찍고 사리를 입은, 누가 보아도 인도인 같은 여자 요리사가 접시를 옮겨오자 점심 식사가 시작됐다.

음식은 후추로 범벅이 된 시커먼 것들뿐이었다. 손을 전혀 대지 않자니 실례라서 쭈뼛쭈뼛 한입 먹었는데 예상대로 너무 매웠다.

어쩔 수 없다. 대화로 어물어물 넘기자.

"저기, 이 집에 뭔가 이상한 점이랄까, 풀리지 않는 수수께끼 같은 건 없어?"

나는 단도직입적으로 물었다.

공작부인은 새침한 얼굴로 대답했다.

"우리집에 수수께끼 같은 건 전혀 없어요. 지극히 평범한 집이랍니다, 그렇지 않나요?"

개구리와 요리사에게 동의를 구하자 고개를 끄덕였다. 그들은 이 가문을 모신 지 벌써 몇 년이나 되었다고 한다.

"그럼, 집 안에 가득한 이 후추는 다 뭐야? 지난달에 남편이 병으로 사망하고 사산까지 한 뒤 갑자기 이러기 시작했다고 들었는데."

"잠깐만요. 분명 남편은 죽었지만 아기는 멀쩡히 살아 있다고요. 이것 봐요, 여기요."

공작부인은 아기돼지를 여봐란 듯이 보여줬다. 패티

의 말처럼 남편의 죽음은 인지하고 있지만 자식의 죽음은 인지하지 못하는 것 같았다.

"아, 그랬구나. 미안해요, 실수를 했네."

"정말이지! 내 아기를 멋대로 죽이지 마세요."

"그래서 후추는……."

공작부인은 요리사를 내세웠다.

"그녀의 고향에서는 요리에 이 정도 후추를 사용하는 건 평범한 일이라고 하더군요. 우리 요리사가 만들어주는 후추 요리를 저는 아주 좋아하지만, 남편은 잘 못 먹어서 남편이 살아 있을 때는 식탁에 내놓지 않도록 했지요. 하지만 남편이 없는 지금은 숨길 필요 없으니까요."

말하는 의도는 알겠지만…….

왜인지 모르게 완전히 납득하지 못한 상태에서 공작부인이 갑자기 아기를 자랑하기 시작했다.

"그건 그렇고, 우리 아이 좀 보세요. 정말 귀엽죠?"

"아, 네, 뭐."

"어디가요? 어디가 귀엽다고 생각하나요?"

짜증 나네.

"어, 음……. 길게 튀어나온 코나, 팔락팔락한 귀?"

"그렇죠, 그렇죠."

그녀는 만족스러운 듯 고개를 끄덕이며 아기를 옆에 있는 의자에 놓았다.

그러고 보니 체셔 고양이는 어디에 있을까?

실내를 둘러보는데 발밑에 자욱한 연기 사이로 무언가가 스쳐지나간 기분이 들었다.

설마 방금 그것이?

내가 두리번거리는 모습을 보았는지 흰토끼가 말했다.

"이 게임에는 체셔 고양이가 안 나와. 자기 마음대로 투명해질 수 있는 녀석이 있으면 추리가 성립되지 않으니까."

"너야말로 문을 없애거나 했잖아."

"나는 게임 마스터니까 괜찮지."

"정말로 추리가 성립되지 않기 때문이야? 인기 많은 체셔 고양이가 등장했다가 네 인기를 빼앗길까 봐 겁이 나서가 아니라?"

"흥, 그런 괴이한 놈에게 질까 보냐. 결국 상식적인 캐릭터가 호감을 가장 많이 받는 법이라고."

"누가 상식적이라는 거야?"

대화를 나누면서 나는 눈으로 발밑을 좇았다. 그림자는 더 이상 보이지 않았다. 기분 탓이었을까. 그때 공작부인이 말을 걸었다.

"내 머리핀 말하는 거죠?"

"응? 아니, 그런 이야기는 안 했는데."

"그런가요? 체셔 묘안석 이야기를 한 것 같아서."

"체셔 묘안석? 그게 뭐야?"

"묘안석은 알아요?"

"고양이 눈을 닮은, 줄이 들어간 보석?"

"맞아요. 보통 묘안석은 벌꿀색이나 청사과색이지만 체셔 묘안석은 보라색이죠. 그 희소성 때문에 매우 비싸답니다. 지금 하고 있는 건 죽은 남편이 선물로 준 것이에요."

공작부인은 추억에 잠긴 듯 눈을 감았다. 머리에서 빛나는 보랏빛 묘안석. 보라색은 디즈니 애니메이션에 등장하는 체셔 고양이의 색이다. 구색만 갖춘 체셔 고양이의 흔적.

"아, 미안해요. 분위기가 우울해졌군요."

"아니에요, 전혀 아무렇지 않아요."

나는 솔직하게 말했다. 실제로 떠들썩한 식탁이었다. 그러나 그것은 활기찬 대화 때문이 아니었다. 모두들 자꾸만 재채기를 하는 통에 잠들었던 아기가 깜짝 놀라 잠에서 깨어 꿀꿀 울어댔기 때문이었다.

그러나 재채기를 하지 않는 사람이 두 명 있었다. 한 명은 요리사. 어릴 적부터 후추 요리를 잔뜩 먹으며 자라서 내성이 생겼나. 그녀는 재채기는커녕 말도 거의 하지 않았다.

그리고 나머지 한 명은 아기돼지였다.

"그 아기돼지는 왜 재채기를 하지 않아?"

나는 의문을 제기했다. 원작에서는 분명 아기돼지도 재채기를 했다. 첫 번째 문제에서는 케이크가 원작과 달리 쿠키로 바뀌었다는 점이 힌트였다. 그렇다면 이번에는 이 점에 무언가 의미가 있을 것이다.

공작부인이 대답했다.

"이봐요, 당신. 아기가 재채기 하는 거 본 적 있어요?"

"없는데……."

"그럼 아기는 재채기를 하지 않는 거겠죠."

그런 말도 안 되는 논리라니. 논리의 대가인 나는 즉시 반박했다.

"재채기하는 개구리도 본 적 없는데."

"지금, 실제로 보고 있잖아요."

공작부인의 말에 응답하듯 개구리 하인이 재채기를

했다.

"아니, 그러니까 내가 하고 싶은 말은……."

공작부인은 내 말을 끊었다.

"참고로 저 개구리는 재채기를 하지 않을 수도 있어요."

"무슨 뜻이야?"

"개구리 씨, 시범을 보여드리세요."

"시범이라고 할 만큼 대단한 건 아닌데요."

개구리는 남자 목소리로 짜증스럽게 대꾸한 다음 갑자기 재채기를 하지 않았다. 순간 대단하다고 생각했지만 곰곰이 생각해보면 전혀 대단하지 않은 일이었다.

"뭐야, 그냥 숨을 쉬지 않을 뿐이잖아. 이제 곧 괴로워지겠지. 몇 초나 버틸까?"

나는 오른쪽 허리 주머니에서 회중시계를 꺼내 시간을 재기 시작했다. 그런데 1분이 지나도 2분이 지나도 개구리는 재채기를 하지 않고, 괴로운 기색도 보이지 않은 채 평온하게 침묵을 지키고 있었다.

"굉장하다! 어떻게 한 거야?"

공작부인이 설명했다.

"양서류 특유의 호흡방식에 비밀이 있죠. 그는 평소에 폐호흡과 피부호흡을 함께 하는데 지금은 폐호흡을 멈추고 피부로만 호흡하고 있어요. 그러면 후추를 마시지 않으니까 재채기도 안 하게 되죠."

"그렇구나."

나는 감탄했지만 곧바로 하나의 의문이 떠올랐다.

"그런데 그렇게 편리한 방법이 있다면 평소에도 그렇게 호흡하면 되잖아?"

"피부호흡만 하면 산소량이 부족해져서 건강을 해친다더라고요. 개구리 씨, 이만 됐어요. 고마워요, 수고했어요."

"별말씀을요."

개구리는 대답한 뒤 지금까지의 몫을 채우듯 성대한 재채기를 연발했다. 아무래도 폐호흡을 다시 시작한 듯했다.

이러한 자질구레한 사건들이 몇 개 있었는데, 식사 중에 누군가 괴로워하는 사건다운 사건은 일어나지 않은 채 점심 식사가 끝났다.

♥

"아까도 말했지만 우리집에 수수께끼는 없습니다. 번지수를 잘못 찾았어요."

공작부인은 다시 배타적인 분위기로 돌아갔다. 온몸으로 당장 돌아가라는 분위기를 내뿜었다. 이 정서불안 환자는 뭐지? 역시 그냥 머리가 이상한 사람인가?

"개구리 씨, 두 분을 배웅해드리세요."

공작부인의 말에 개구리가 나와 흰토끼를 식당에서 데리고 나갔다.

복도를 걸으면서 나는 조그맣게 개구리에게 물었다.

"당신과 요리사는 당연히 알고 있지? 공작부인이 자기 자식이라고 믿고 있는 건 그저 돼지고, 진짜 아기는 이미 죽었다는 사실을."

개구리는 뒤를 돌아 식당 쪽을 보면서 공작부인이 나오지 않은 것을 확인하고는 퉁명스럽게 대답했다.

"그야, 뭐."

"후추에 관해서는 공작부인의 말이 맞아? 아니면 무언가 다른 이유라도 있는 거야?"

"공작부인이 말한 그대로야."

"있잖아, 공작부인은 처음에는 나를 쫓아내려고 했는

데 갑자기 마음을 바꿔서 점심 식사에 초대했어. 왜 그랬는지 당신은 알아?"

개구리는 지겹다는 듯이 대꾸했다.

"뭘 그렇게 꼬치꼬치 캐묻는 거지? 무슨 꿍꿍이라도 있는 거야?"

"그런 건 아니고……. 이상한 점이 있으면 당연히 궁금하잖아."

"남의 집안일인데 말이지?"

말은 짧았지만 어쩐지 나무라는 것 같았다. 나는 욱했다.

현관에 이르자 개구리가 마침 생각났다는 듯 말했다.

"그러고 보니 문이 잠겨 있지 않았다고? 마지막으로 드나든 건 나야. 제대로 잠갔을 텐데?"

그는 우리를 떠나보내기 전에 '시험 삼아 점검한다'는 듯 열쇠로 문을 잠갔다. 하지만 손잡이를 돌리자 문이 열렸다.

"어라? 왜 그러지?"

개구리는 몇 번이나 문을 열고 잠그며 시험했다. 그리고 무언가 깨달은 듯했다.

"아아, 열쇠 구멍에 후추가 가득 차서 막혔구만."

개구리는 빨판이 달린 손가락으로 후추 덩어리들을 파냈다.

"자, 이제 잠기겠지. 나가줘. 안녕히 가시게들."

나와 흰토끼가 밖으로 나오자 문을 닫고 안에서 잠그는 소리가 들렸다. 개구리는 잠시 철컥철컥하는 소리를 냈지만 문을 열 기미는 없어 보였다. 손잡이를 돌려보았는데 문은 무사히 잠겨 있었다.

나는 두 팔을 벌려 신선한 공기를 가슴 한가득 들이마셨다.

"와아, 살 것 같아!"

"나 원 참, 저 집 너무하네. 폐가 나빠지는 줄 알았잖아."

흰토끼는 조끼에 묻은 후추를 신경질적으로 털어내며 말했다.

이상한 나라의 안테나는 여전히 공작부인의 저택을 가리키고 있었다. 하지만 아무 일도 벌어지지 않은 채 쫓겨나고 말았다. 자, 이제 어떻게 하면 좋을까.

생각에 잠겨 있는데 저택에 들어가기 전에 대화를 나누었던 덩치 큰 돼지, 패티가 쿵쾅쿵쾅 달려왔다. 새끼 돼지는 데리고 있지 않았다.

그는 애가 타서 말했다.

"오오, 당신들이군. 이 근처에서 새끼돼지 한 마리를 보지 못했나? 내가 공작부인에게 판 녀석 말고."

"아니. 뭐야, 아까 산책시키던 아이들이 도망가기라도 했어?"

"아니, 아까 그 녀석들 말고."

그가 설명하기 시작했다.

"원래 우리 양돈장에는 돼지가 여러 마리 있어서, 한꺼번에 데리고 나오면 힘드니 몇 마리씩 나눠서 산책시키고 있어. 그래서 아까 그 다섯 마리를 데리고 산책을 나왔었지. 그런데 돌아갔더니 돼지우리에 있던 다른 한 마리가 없어졌지 뭐야. 참고로 그 한 마리는 내가 공작부인에게 판 녀석과 쌍둥이야."

공작부인이 기르고 있는 돼지와 쌍둥이인 돼지가 실종됐다. 아무리 생각해도 의미심장해. 두 번째 문제와 어떠한 연관이 있을지도 몰라.

나는 그렇게 판단해 먼저 도와주겠다고 말했다.

"나도 도와줄게."

"엇, 참말인가. 고맙구만."

"돼지가 사라진 사실을 눈치챘을 때의 상황을 좀 더

자세히 알려줘."

"아아, 아까 그 다섯 마리를 돼지우리에 돌려보내려고 하는데, 우리 구석 안쪽에 부서진 것처럼 구멍이 나 있었어. 새끼돼지가 몸으로 여러 번 부딪쳐 생긴 것 같은 구멍이었지. 그래서 마리 수를 세어 보니 문제의 돼지가 없어졌다는 사실을 알게 됐어."

"그러니까 누가 훔쳐간 게 아니라 스스로 도망쳤을 가능성이 크다는 말이야?"

"그래. 온순한 아이였는데 말이지."

"그 아이를 알아볼 수 있는 특징 같은 건 없어?"

"있지. 엉덩이를 보면 바로 알 수 있어."

패티가 말했다. 갓 태어난 쌍둥이가 나란히 엎드려 잠든 사이에 불이 붙은 장작을 떨어뜨리고 말았다고 한다. 그래서 똑같았던 쌍둥이에게 서로 다른 점이 생겼다. 이번에 사라진 돼지는 왼쪽 엉덩이에, 공작부인에게 판 돼지는 오른쪽 엉덩이에 사라지지 않는 화상 자국이 생긴 것이다. 그 때문에 전자에게 레프티, 후자에게 라이티라는 이름을 붙였다고 했다.

"그럼 왼쪽 엉덩이에 화상 자국이 있는 레프티를 찾으면 되는 거지?"

"그래, 맞아."

우리는 흩어져서 마을 안팎을 뒤졌지만 레프티의 모습은 어디에도 보이지 않았다. 그렇다면 공작부인 저택 뒤에 있는 숲으로 들어간 것은 아닐까.

우리는 숲으로 들어가서 '나와 흰토끼', '패티' 두 팀으로 흩어졌다.

패티의 모습이 보이지 않자 흰토끼는 갑자기 의욕을 잃고 그루터기 위에 드러누웠다.

"나는 여기서 낮잠을 잘 테니 열심히 수색해주게나."

게임 마스터가 협조하지 않는 점은 이해하지만, 이런 태도는 아니지.

나는 주머니 속에 쌓여 있던 후추를 흰토끼의 얼굴에 탈탈 털었다.

요란스럽게 재채기를 하는 그를 두고 나는 다시 레프티를 찾기 시작했다.

잠시 숲속을 여기저기 걸어 다니다가ㅡ.

찾았다.

2미터 높이의 암벽 앞에 새끼돼지가 쓰러져 있었다.

레프티다.

음? 잠시만.

그 돼지는 공작부인 저택에 있던 라이티와 마찬가지로 포대기에 싸여 있었다. 심지어 그 포대기에는 엄청난 후추가 묻어 있었다.

그렇다는 것은 쓰러져 있는 돼지는 레프티가 아니라 라이티라는 말? 하지만 라이티가 이런 곳에 있다니 이상하다. 하지만 저 포대기는 뭐지?

그래, 엉덩이를 확인하자. 화상 자국이 어느 쪽에 있는지 알 수 있을 것이다.

내가 돼지 앞에 쭈그리고 앉은 순간, 지독한 짐승 냄새가 코를 찔렀다. 점심 식사 때는 이런 냄새가 나지 않았다. 이 돼지는 라이티가 아닌가? 아니면 그때는 후추 냄새 때문에 미처 몰랐을 뿐인가.

돼지는 눈을 감은 채 미동조차 하지 않았다. 튀어나온 돼지 코에 얼굴을 가까이 댔더니 편안한 숨결이 소리와 바람으로 느껴졌다. 일단 살아 있는 것 같아 안심이다.

얼굴과 체형은 라이티 같아 보이지만 라이티와 레프티는 서로 똑같이 생겼다고 하니 외모만으로는 구별할 수 없다. 역시 엉덩이를 확인해야 한다. 내가 포대기를 벗기려는 순간이었다.

"드디어 찾았다!"

귀에 익은, 칼칼한 남자 목소리가 들렸다.

뒤를 돌아보니 공작부인 저택의 개구리와 요리사가 서 있었다.

개구리는 성큼성큼 걸어오더니 갑자기 내 팔을 잡았다. 나는 깜짝 놀라 뿌리쳤다.

"뭐하는 짓이야!"

"내가 할 말이야. 공작부인의 아기를 돌려줘."

"뭐라고?"

그러면 내 발밑에 있는 돼지는 역시 라이티인가? 그런데 의문은 풀리지 않는다.

"돌려달라니 무슨 말이야. 나는 아무 짓도 안 했어."

"시치미 떼지 마. 네가 나타난 뒤 아기가 유괴됐단 말이다. 너 말고 누가 범인이겠어. 멋대로 꼬치꼬치 캐물으며 귀찮게 굴어서 수상하다 싶었더니, 혹시나가 역시나였던 거지."

"유괴라고?"

쌍둥이 돼지가 각각 실종과 유괴라니. 아니다. 뜻밖에도 양돈장에서 사라진 돼지도 유괴당한 것일지도 모른다. 이 사건이 두 번째 문제로 발전할까?

"내가 집을 떠난 뒤에 그런 일이 일어난 거야?"

"아직도 시치미를 떼느냐?"

"아니야."

부정한 사람은 내가 아니었다. 매캐함이 사라져서 조용조용하지만 잘 들리는 목소리. 요리사가 돼지를 안아 올렸다. 돼지는 잠에서 깬 듯 눈이 게슴츠레했다.

"뭐가 아니라는 거지?"

개구리가 짜증스러운 목소리로 묻자 요리사가 짧게 대답했다.

"냄새가."

"냄새라니?"

개구리는 돼지 옆에서 코를 킁킁거리더니 얼굴을 찡그렸다.

"확실히 이건 아니군."

"맞죠?"

요리사는 한마디 대답만 했다.

"냄새라는 건 짐승 냄새야?"

내 질문에 개구리가 성가시다는 듯 대답했다.

"그래, 공작부인의 아기한테는 이런 냄새가 나지 않아. 공작부인이 매일 정성껏 씻기고 있으니까 말이야."

"집 안에서는 후추 때문에 몰랐을 뿐이지 사실은 평소에도 이런 냄새가 났던 거 아니야?"

"그야, 그 집이라면 어떤 냄새라도 싹 다 지울 수 있겠지. 하지만……."

개구리는 왜인지 시선을 피하며 빠르게 말을 이었다.

"가끔은 집밖으로 아기를 데리고 나가기도 하니까, 그런데 짐승 냄새를 맡아본 적은 없어. 한 번도."

"흐음."

그렇다면 역시 이 돼지는 레프티란 말인가.

그때 나는 하려던 일이 떠올랐다.

"그래, 엉덩이를 확인해보면 되잖아? 공작부인의 아기는 오른쪽 엉덩이에 화상 자국이 있으니까 그렇지 않다면 다른 돼지라는 걸 알 수 있겠지."

나로서는 친절한 제안이었지만 개구리는 다시 매서운 눈초리로 노려보았다.

"이놈, 자신도 모르게 실토해버렸군. 점심 식사 때, 엉덩이 따위 볼 기회가 없었던 네가 어째서 그 사실을 알고 있지? 그건 바로 네가 범인이기 때문이다. 유괴한 뒤에 엉덩이를 본 거지?"

"아니야. 어떤 사람이 말해줬다고."

"어떤 사람이라고?"

설명하려고 하는데, 호랑이도 제 말하면 온다더니 패티가 나무숲 사이에서 나타났다.

"어떻게 됐어, 아가씨. 찾았어?"

"으응, 일단 한 마리는 찾았는데."

"아, 그거, 우리집 돼지인가?"

패티는 요리사가 안고 있는 돼지를 발견하고 달려왔다.

요리사는 조용히 포대기를 벗겼다.

화상은 왼쪽 엉덩이에 있었다.

"분명히 레프티야, 고마워!"

패티는 요리사에게서 돼지를 빼앗아 높이 들어올렸다.

"무슨 일이야?"

개구리는 상황 파악을 못 해서 초조한 듯했다.

나는 레프티가 실종됐던 일을 말하며 억울함을 주장했다.

"나는 계속 패티를 도와 레프티를 찾았어. 그러니까 유괴할 시간은 없었다고."

개구리는 콧방귀를 뀌었다.

"흩어져서 찾았잖아. 그럼 알리바이가 없는 거네."

"하지만 여기 있는 건 공작부인의 아기가 아니라 또 다른 쌍둥이 돼지잖아."

"아기는 어딘가 다른 장소에 숨겨둔 거지? 그리고 돌아오는 길에 어쩌다 우연히 부탁받았던 다른 돼지를 발견한 거잖아."

"모두 다 추측일 뿐, 증거가 없잖아."

우리는 서로 노려봤다.

그때 흰토끼의 느긋한 목소리가 들려왔다.

"이런 이런, 왜들 옥신각신하고 있어."

올려다보니 암벽 위에 흰토끼가 서 있었다. 모두를 굽어보듯 으스대며 거만한 모습이었다.

"이 녀석이 공작부인의 아기를—."

격하게 말하려는 개구리를 저지하며 흰토끼가 말했다.

"토끼는 귀가 밝아서 말이야, 이야기는 대충 들었지."

흰토끼는 암벽에서 뛰어내려 젠체하며 내 옆에 착지했다.

"당신이 낮잠 같은 걸 안 자고 날 따라왔다면 내 알리바이가 성립됐을 텐데!"

내가 불만스럽게 말하자 흰토끼는 내게만 들리는 목소리로 속삭였다.

"물론 알리바이를 성립시키지 않으려고 낮잠을 잔 거지."

"하아, 그럴 줄 알았어. 그래서 이 쌍둥이 유괴 실종 사건이 두 번째 문제라고 생각하면 되는 거야?"

"그래, 라이티의 행방은? 그게 바로 문제다."

'유괴범은 누구인가'가 아니라 '라이티는 어디에 있을까'가 문제라고? 유괴범이 누군지 밝히는 것은 중요하지 않다는 뜻일까? 아니면 유괴범을 밝혀도 그 녀석이 자백하지 않아서 라이티를 가두어둔 장소까지 추리해야 한다는 뜻일까……?

내가 이리저리 궁리하고 있자 흰토끼가 개구리에게 제안했다.

"우선 댁네 유괴사건에 대해 좀 더 자세하게 설명해 보지 않겠나?"

개구리는 얼마간 생각한 뒤 입을 열었다.

"실제로 현장을 보면서 설명을 듣는 편이 이해하기 쉬울 거야. 따라오게."

"돌려 말하는 솜씨 좀 봐."

내가 꼬집어 말했다.

"공작부인이 우리를 데려오라고 했지?"

개구리는 깜짝 놀라고는 정색하며 대답했다.

"그래, 맞아. 너희는 중요한 용의자니까."

"좋아, 장단에 맞춰주지 뭐."

어차피 두 번째 문제를 고민하려면 공작부인의 저택에 가야 하기도 하고.

나는 패티에게 말했다.

"레프티의 실종도 유괴와 관련이 있을지 몰라. 당신도 레프티를 데리고 함께 가지 않을래?"

"아, 알겠어."

패티는 긴장한 듯 고개를 끄덕였다.

♥

레프티를 발견한 현장에 표시를 해놓고 다 함께 공작부인의 저택으로 향했다.

5분 정도 가니 집이 보이기 시작했다. 내가 숲에 들어간 뒤 레프티를 발견하기까지는 더 많은 시간이 걸렸는데, 레프티를 찾으려고 여기저기 돌아다닌 탓이었다. 발견 현장에서 공작부인의 저택까지 곧장 걸어가면 5분

밖에 걸리지 않는다는 사실을 알았다.

갑자기 레프티가 꿀꿀거리며 날뛰기 시작했다.

"윽, 임마, 왜 그래, 얌전히 있어."

패티가 달랬지만 울음을 전혀 그치지 않는 와중에 우리는 뒷문 앞에 다다랐다.

뒤쪽에 나란히 있는 창문 가운데 하나가 이상했다. 창문 자체는 닫혀 있었지만 창문 걸쇠 바로 오른쪽 유리창이 삼각형 모양으로 깨져 있고 걸쇠는 빠져 있었다. 개구리가 그것을 가리키며 말했다.

"너희가 돌아간 뒤 혹시나 해서 문단속을 다시 했는데 그때까지는 아무 문제가 없었어. 그런데 아기가 사라진 뒤에 집 안을 뒤졌더니 이 창문만 깨져 있었지. 범인은 여기로 침입한 거야."

"유리가 깨지는 소리는 못 들었어?"

"다들 집 안에서 흩어져 따로 살고 있는데 소리를 들은 사람은 아무도 없었어."

"뭐, 그 자체로는 이상할 게 없네. 이건 유리창을 깨서 잠금장치를 해제하는 전형적인 빈집털이 수법인데, 유리창과 창틀 사이를 일자 드라이버로 후벼서 금을 내는 방법으로 소리가 잘 나지 않는다는 게 특징이야."

"실제로 해본 적 있는 말투구만. 역시 네가……."

"명탐정인 아버지가 가르쳐주셨을 뿐이야. 얼른 들어가기나 하자고."

개구리는 의심스러운 표정을 지으며 들고 있는 열쇠로 뒷문을 열었다.

모두 함께 집 안으로 들어갔다. 그리고 요리사를 제외한 모든 사람이 재채기를 했다.

나는 깨진 창문 앞으로 가서 네 발로 기듯이 엎드렸다. 발밑에 쌓인 연기 속으로 얼굴을 들이밀고 바닥에 흩어져 있는 유리조각을 확인했다. 바닥에 쌓인 후추는 마구 밟힌 상태라서 발자국은 확인할 수 없었다.

다음으로 창틀을 살펴보는데 소리를 들은 공작부인이 안에서 나왔다. 패티가 안고 있는 레프티를 보며 기쁜 듯 큰 소리로 말했다.

"우리 아가! 무사했구나!"

"아, 아니에요, 아닙니다."

개구리가 사정을 설명했다. 레프티 이야기를 할 때는 '라이티의 쌍둥이 돼지'가 아니라, '공작부인의 아기와 똑닮은 아이'라고 표현했다. 라이티를 자신의 아기라고 믿는 공작부인을 혼란스럽게 하지 않으려는 의도일 테다.

개구리의 설명이 끝나자 공작부인은 "잠시 실례"라며 허리를 굽히고 패티가 안고 있는 레프티의 냄새를 맡았다.

"집 안에서는 후추 때문에 잘 모르겠군요⋯⋯."

공작부인은 패티와 레프티를 뒷문 밖으로 데리고 나가 다시 냄새를 맡았다.

"확실히 우리집 아이는 이렇게 냄새 나지 않아."

그러고는 나를 몰아세웠다.

"당신이 범인이죠! 우리 아기는 어디 있어요! 대답해요!"

"나는 범인이 아니야."

"거짓말 하지 말아요!"

"거짓말 아니야. 다들 이 창틀을 봐."

나는 깨진 창의 창틀을 가리켰다. 모두들 모여들었다.

"범인은 여기로 침입한 것으로 추정돼. 하지만 이 창틀에는 후추가 쌓여 있지. 창문을 열었다면 후추가 한쪽으로 쓸렸을 텐데 그렇지 않아. 즉 창문은 깨졌지만 열리지는 않았다는 뜻이야."

"그럼 범인은 도대체 어디로 들어왔다는 말이죠?"

"아직도 모르겠어? 교양이 없네."

처음 만났을 때 들었던 말을 되갚아준 뒤 대답했다.

"범인은 어디로 들어온 게 아니야. 외부 침입자의 범행처럼 보이려고 창문을 깬 거지. 그런 짓을 해서 이득을 보는 건 내부사람밖에 없어. 그러니까 범인은 공작부인, 개구리, 요리사. 셋 중 하나야."

범인은 창틀에 후추가 쌓여 있는 것이 중요하다는 사실을 깨닫지 못했다. 그러므로 창문을 깨뜨린 것에만 만족하고 창문을 열 생각까지는 하지 못한 것이다. 집 안에서 창문을 깨서 유리조각을 집밖으로 떨어뜨리는 더 초보 같은 실수를 하지 않은 점이 그나마 다행이라고 해야 하나.

공작부인은 내 말의 뜻을 가늠하듯 얼마간 잠자코 있었다. 그리고 개구리와 요리사를 향해 말했다.

"나는 내 아이를 유괴하지 않았습니다. 당신들 중 누가 이런 어처구니없는 짓을 벌였죠?"

"저는 아닙니다."

개구리가 필사적으로 주장했다.

요리사도 묵묵히 고개를 저었다.

"사실 범인이 누군지 거의 알아냈어."

내가 폭탄을 투하하자 모두들 일제히 나를 쳐다봤다.

그래, 이 맛이지!

"마지막으로 아기가 사라진 방으로 안내해주겠어?"

"알겠습니다."

공작부인은 고개를 끄덕였다.

그녀를 필두로 전부 문제의 방으로 이동했다. 그러던 중 나는 공작부인이 체셔 묘안석 머리핀을 하고 있지 않다는 사실을 눈치챘다.

도착한 곳은 1층 한가운데에 있는 창문 없는 아기 방이었다.

방에 들어가자마자 레프티가 다시 울며 날뛰기 시작해서 패티가 달래야만 했다.

나는 추락 방지 난간이 달린 침대로 다가갔다. 그 위에는 편지가 놓여 있었다. 필적을 숨기려고 평소에 사용하는 손이 아닌 반대쪽 손으로 썼는지, 지저분한 글씨였다.

공작부인 보시오.

아이는 내가 데려간다. 트럼프 병사에게 신고하면 아이는 죽는다. 아이를 무사히 돌려받고 싶으면 체셔 묘안석 머리핀을 저택 지붕 위에 던져놓아라.

"트럼프 병사?"

"하트 여왕의 군대야."

흰토끼가 설명했다.

"이 세계에서는 경찰과 같은 역할도 하고 있지."

"흐음. 아무리 그래도 지붕 위라니 이상한 지시인데."

"나도 그렇게 생각했지만 아기의 목숨을 대신할 수는 없기에 시키는 대로 했어요."

나는 지붕이 납작하다는 사실을 떠올렸다. 그렇다면 미끄러져 떨어질 것 같지는 않은데, 범인은 어떻게 가져갈 생각일까? 밤이 되면 사다리를 이용할 생각일까.

"이 집에 사다리는?"

"없습니다."

"그럼 이 마을에는?"

"글쎄, 다른 집 사정까지는……."

계속해서 내가 저택을 떠난 뒤부터 지금까지의 일들을 물었다. 세 사람의 증언을 모두 모으면 다음과 같았다.

내가 저택을 떠난 뒤 공작부인은 아기를 이 방에 눕혔다. 그리고 모두 문단속을 하고 나서 공작부인은 옆방에서 뜨개질을 시작했다. 개구리와 요리사는 1층에 있는 각자의 방에서 시간을 보냈다. 잠시 후 공작부인이 아기 얼굴을 보려고 아기 방에 들어왔는데, 아기의 모습은 온데간데없고 그 대신 편지가 남아 있었다. 혹시나 해서 즉시 개구리와 요리사를 불러 온 집 안을 뒤졌더니 뒷문 쪽 창문이 깨져 있는 것을 발견했다. 편지에 적힌 지시에 따라 체서 묘안석 머리핀을 지붕 위에 던져놓았다. 그러는 사이에 초조해서 견딜 수 없었던 공작부인은 범인을 자극하게 될지도 모르지만 밖에서 아기를 찾기로 한 것이다. 공작부인은 마을을, 개구리와 요리사는 뒤편에 있는 숲을 맡았다. 공작부인은 아무런 수확도 없이 집으로 돌아왔다. 그리고 얼마 후 우리가 뒷문으로 들어왔다.

　……이렇게 된 일이었다.

　침대 옆에 그와 거의 같은 높이의 캐비닛이 있었다. 그 위에는 포대기용 수건 한 장이 놓여 있었다. 공작부인이 말하길 아기를 따뜻하게 하거나 데리고 다니기 쉽도록 침대에서 데리고 나올 때만 사용하는 것이라고 했다.

　"포대기는 없어졌어?"

　"네, 범인이 아기를 데리고 갈 때 사용한 것 같아요. 하지만 왜인지 모르겠지만 두 장이나 없어졌어요."

"두 장이나 말이지."

나는 고개를 끄덕이고 캐비닛 각 서랍의 손잡이를 조사했다. 꺾쇠 모양의 손잡이는 부자연스럽게 전부 가운데 부분에만 후추가 묻어 있었다.

마지막으로, 집 안에서는 후추 때문에 다른 냄새를 맡을 수 없어서 침대에 있던 이불을 들고 집밖으로 나가서 냄새를 맡았다. 예의 짐승 냄새가 났다.

퍼즐 조각이 모두 모였다.

나는 사람들이 있는 곳으로 돌아가 선언했다.

"범인을 알아냈어."

♥

"누구? 누가 범인이죠?"

공작부인이 허둥지둥 물었다.

"지금부터 설명할게. 하지만 그 전에, 엣취, 엣취, 밖으로 나가자고."

나를 포함해서 요리사를 제외한 전원이 재채기를 하는 시끄러운 상황에서 추리를 풀어놓고 싶지 않았다.

우리는 뒷문으로 나갔다.

공작부인을 혼란스럽게 하지 않도록 레프티를 '공작

부인의 아기와 꼭 닮은 아이'라고 표현하며 조심스럽게 이야기하기 시작했다.

"공작부인의 아기와 꼭 닮은 아이가 실종되었다가 숲속에서 발견되었던 일. 그것이 유괴범을 특정할 수 있는 가장 큰 단서였어."

"레프티가 단서라니?"

패티가 놀랐다.

나는 고개를 끄덕이며 말을 이었다.

"단도직입으로 말하면 범인은 두 아이를 착각했어."

"착각하다니? 그게 무슨 뜻이죠?"

공작부인이 물었다.

"지금부터 하는 이야기는 추측이 많이 들어가긴 했지만 착각했다는 결론은 바뀌지 않으니, 마음 놓고 들어."

나는 그렇게 포석을 깔고 레프티를 가리켰다.

"아마 레프티는 쌍둥이 형제……가 아니라, 자신과 꼭 닮은 공작부인의 아기가 보고 싶어서 가출했을 거야. 이 집에 있다는 사실은 진작부터 알고 있었겠지. 집 앞에서 상황을 보고 있는데 나와 흰토끼가 와서 현관문을 열었지. 기회라고 생각한 레프티는 우리와 함께 슬며시 안으로 들어온 거야. 그리고 그대로 우리 뒤를 따라왔지만 작아서 발밑 연기에 가려 아무도 알아채지 못했지. 점심 식사 때 순간 본 것 같기도 하지만."

체셔 고양이라고 생각했던 그 녀석이었다.

"내가 돌아가자 이번에는 아기를 안아 올린 공작부인을 따라서 함께 아기 방으로 들어갔지. 공작부인이 방을 나오자 캐비닛의 손잡이를 사다리 삼아 올라가서 침대로 뛰어들었어. 그 증거로 손잡이에 후추가 묻어 있고 침대 시트에 냄새가 배어 있지. 그러고는 공작부인의 아기와 만나서 안심했는지, 아니면 익숙하지 않은 연기에 취해서인지 모르겠지만 레프티는 그곳에서 정신을 잃었어."

"너, 언제 그런 대모험을 했니?"

패티가 레프티의 머리를 쓰다듬었다. 레프티는 꿀 하고 한 번 울었다. 그것이 왜인지 틀렸다고 말하는 것처럼 들려서 순간 기민하게 돌아가던 머리가 멈췄다.

"그래서 어떻게 된 거죠?"

공작부인이 재촉하는 바람에 나는 다시 정신을 차렸다.

"그 뒤에 나타난 유괴범은 연기 때문에 아이가 둘 있다는 사실을 눈치채지 못했지. 다른 아이가 함께 있다는 건 꿈에도 생각 못 하고 후추 때문에 냄새도 맡지 못하니까 손으로 더듬어 레프티를 포대기에 싸서 데리고 간 거야. 그 후 숲속에서 자신의 잘못을 깨닫고 레프티를 버린 뒤 다시 아기 방으로 돌아와서 두 번째 포대기로 공작부인의 아기를 유괴한 거지."

"잠깐만."

공작부인이 끼어들었다.

"그럼 집을 나간 순간 냄새를 맡고 잘못 유괴했다는 사실을 알아차리지 않았을까요. 그러면 바로 그 시점에 레프티를 버리고 유괴 기회를 놓치지 않기 위해 서둘러 우리 아기를 데리러 돌아왔을 텐데요. 흠, 레프티를 근처에 방치해두었다가는 누군가에게 들킬지 모르니까 숲에 들어가자마자 수풀에 숨겼을지는 몰라요. 하지만 뒷문에서 걸어서 5분, 왕복 10분이나 걸리는 숲속 깊은 곳까지 버리러 갈 이유는 없지 않나요?"

"그래, 바로 그 점이 이 사건의 핵심이야."

나는 검지를 세웠다.

"범인이 일부러 숲속 깊은 곳까지 레프티를 버리러 갈 필요는 없지. 그렇다는 건 범인은 그곳에 갈 때까지 레프티를 공작부인의 아기라고 착각했다는 말이야."

"하지만 냄새로 알 수 있을 텐데⋯⋯."

"범인은 집을 나온 뒤 얼마 동안 냄새를 맡을 수 없는 상태였던 거야. 그리고 문제의 지점에 도달하고 나서야 처음으로 냄새를 눈치챘지."

"냄새를 맡을 수 없는 상태라니⋯⋯?"

"점심 먹을 때의 일을 떠올려봐. 다들 재채기를 하느라 아기가 깜짝 놀라 깨서 꿀꿀하고 울었잖아. 범인은 유괴할 때 들킬까 봐 두려웠을 거야. 그래서 후추를 들이마시지 않으려고 숨을 멈췄어."

이 시점에서 처음부터 재채기를 하지 않았던 요리사는 용의선상에서 제외됐다.

"하지만 계속 숨을 참을 수는 없으니까 보통 사람들은 뒷문을 나온 시점에서 숨을 다시 쉴 거야. 그리고 레프티의 냄새를 눈치채겠지. 하지만 딱 한 명 있어. 뒷문을 나오자마자 숨을 쉬지 않아도 한동안 괜찮고, 길을 한참 가다가 숨을 쉴 수 있는 인물이."

나는 그 인물을 손가락으로 가리켰다.

"그래, 범인은 폐호흡과 피부호흡을 모두 할 수 있는 개구리, 당신이야!"

모두가 개구리를 주목했다.

"당신은 재채기로 아기를 깨우지 않으려고 폐호흡을 멈추고 유괴했어. 뒷문을 나온 뒤에도 잠시 피부호흡만 유지한 채 그대로 걸음을 재촉했지만 폐호흡을 너무 오래 멈추면 건강에 해로우니까 문제의 지점에서 다시 폐호흡을 시작했어. 그리고 레프티의 냄새를 알게 된 거야."

개구리는 잠시 입을 뻐끔거리더니 곧바로 반박했다.

"레프티가 발견된 장소로 논리를 펼치고 있는데, 그 아이는 인형이 아니잖아. 범인이 버린 다음 스스로 그곳까지 이동했을 가능성도 있어."

"말이 안 되는 거 알지? 발견됐을 당시 레프티는 포대기에 싸여 있었어. 포대기에 감싸인 채로 움직일 수 있을 리 없잖아."

완성됐다. 아름다운 논리.

개구리는 반박하지 못했다. 잠시 고개를 숙이고 있을 뿐이었다.

그러고는 껄껄껄 크게 웃었다.

"이 타이밍에 유괴하면 너와 흰토끼에게 뒤집어씌울 수 있을 줄 알았는데."

"죄를 인정했네."

"그래, 내가 했다."

"성실했던 당신이 어떻게 이런 짓을."

공작부인이 떨리는 목소리로 물었다.

"그래, 확실히 나는 성실했지. 그런데 그렇게나 낮은 급여라니 말이 돼? 열 받게……. 그러니까 나는 내 노동에 합당한 보너스를 받으려던 것뿐이야. 하지만 이제 다 끝이군!"

개구리는 그렇게 내뱉은 뒤 깜짝 놀랄 만큼 기다란 혀를 내밀었다.

공격하는 걸까!?

모두 뒷걸음질 쳤지만 개구리는 누군가를 공격하려고 혀를 내민 것이 아니었다.

길게 뻗은 혀를 나뭇가지에 걸고 타잔처럼 나무에서 나무로 이동해 숲속으로 사라졌다.

그랬구나, 저 혀로 지붕 위의 머리핀을 가져갈 생각이 었구나…….

이렇게 감탄만 하고 있을 때가 아니다. 쫓아야지!

나는 개구리의 뒤를 쫓아 숲속으로 들어갔다. 그러나 아무리 달려도 개구리는 보이지 않았다.

나는 손으로 나무를 짚고 씨근거렸다.

두 번째 문제는 '라이티의 행방은?'이다. 저 녀석을 추궁해서 라이티를 숨겨둔 장소를 실토하게 만들어야 하는데!

"이런 이런, 가여울 정도로 느려 터졌구나."

뒤에서 흰토끼가 나타났다.

"이대로 포기하는 거야?"

그 시험하는 듯한 말투에 짜증이 울컥 치밀기 전에 하나의 가설이 떠올랐다.

어쩌면 이쯤에서 개구리가 도망치도록 처음부터 정해져 있던 것 아닐까, 라는.

개구리에게 묻지 않아도 라이티가 어디에 갇혀 있는지 알 수 있도록 지금까지 전개된 이야기에 힌트가 숨겨져 있을까?

생각을 하자…….

나는 마을에 도착하고 나서 벌어졌던 일들을 되짚어 봤다.

그러자 아직 풀지 못한 미스터리가 몇 개나 남아 있었다.

아기가 죽어서 다행이야…… 후추가 가득한 집…… 옷을 입는다며 뜸을 들이던 공작부인…… 갑작스러운 심경 변화…… "아기는 재채기 하지 않아"…… 짐승 냄새에 대해 말할 때 개구리의 꺼림칙한 태도…… 갑자기 날뛰던 레프티…… 정답이 틀렸다는 듯 꿀 하고 울던 모습…… 그리고 포대기!

그래, 방금 전에 내가 말했듯이 레프티는 발견됐을 때 포대기에 꽁꽁 싸여 있었어! 그런데 유괴범 개구리의 심리를 냉정하게 생각해보면 부자연스러운 상황이다. 아무리 그래도 짐승 냄새만은…….

아아, 어째서 이런 부자연스러운 점은 깨닫지 못했을까!

왜 그랬냐고? 이미 한 번 포대기를 단서로 사용했기 때문이다. 하지만 그것으로 만족해서는 안 됐다. 포대기를 두 번 써야만 했으니까.

지금 모든 것이 하나로 연결되었다.

"내 사전에 수수께끼란 없어!"

나는 흰토끼에게 선언했다.

"그리고 라이티는……."

♥

나와 흰토끼가 오던 길을 되돌아가자 공작부인, 요리사, 레프티를 안은 패티와 마주쳤다.

"개구리는?"

공작부인이 물었다.

"미안, 놓쳤어."

"그럴 수가! 아아, 우리 아기가!"

"안심하세요. 이 기다란 귀는 장식이 아니랍니다."

흰토끼는 귀를 파라볼라 안테나처럼 움직였다.

"들린다…… 아기 울음소리가…… 북쪽으로 팔, 구, 십…… 이 울림은 동굴인가……. 음, 틀림없어. 공작부인, 당신의 아기는 여기에서 북쪽으로 팔백에서 천 미터 떨어진 동굴 속에 있습니다. 근처에 개구리는 없는 것 같군요."

"아기를 숨겨둔 장소를 들키지 않으려고 일단 다른 방향으로 도망친 거네."

내가 말했다.

"개구리가 아기를 데리고 가기 전에 빨리 다 함께 가자."

그런데 공작부인이 날카로운 목소리로 말했다.

"아! 더 이상 여러분을 끌어들일 수는……. 아기가 있는 곳도 알았으니 나와 요리사 둘이서만 가겠습니다. 바쁘신 와중에 도와주셔서 정말로 감사합니다."

공작부인과 요리사는 우리에게 머리를 숙였다.

"엇, 그렇군. 그럼 남겨두고 온 돼지들이 걱정돼서, 나는 이만."

패티는 레프티를 데리고 마을 쪽으로 돌아갔다.

그러나 나와 흰토끼는 움직이지 않았다.

"자, 당신들도, 이제 그만 돌아가세요."

"아까부터 자꾸 우리를 돌려보내고 싶어 하는 것 같은데, 뭔가 우리가 보면 안 되는 일이라도 있어?"

"아, 아니, 그런 건……."

"당신 아기, 사실은 돼지가 아니라 사람이지?"

공작부인은 "앗!" 하고 소리를 높이며 비틀거렸다. 요리사가 쓰러지는 그녀의 몸을 받았다.

……오랜 침묵 끝에 공작부인은 체념한 듯 말했다.

"함께 가시죠."

우리는 북쪽 동굴로 걸음을 재촉했다.

동굴 속에는 레프티와 꼭 닮은 '새끼돼지'가 꿀꿀 울어대고 있었다.

공작부인은 그것을 안아 올리고는 나를 돌아보았다.

"어떻게 눈치챘죠?"

"단서는 여러 개였어. 하지만 가장 결정적인 단서는 레프티를 발견했을 때 포대기에 싸인 상태였다는 것이었어. 곰곰이 생각해보면 자연스럽지 않으니까. 유괴범인 개구리는 짐승 냄새 때문에 유괴할 아기를 착각한 사실을 눈치챘지. 그래, 확실히 그랬어. 그런데 그래봤자 고작 이상한 냄새잖아. 의심할 만한 '계기'는 되어도 '확신'에 이를 정도라고는 생각하지는 않아. 이 단계에서 그는 레프티가 저택에 잠입했다는 사실을 모르고 있고, 혹시라도 오줌을 누었기 때문에 평소와 다른 냄새가 날 수도 있으니까. 위험을 무릅쓰면서까지 유괴해온 아기니까 정말로 잘못 유괴한 것인지 반드시 확인할 테지. 포대기를 벗기고 엉덩이에 난 화상 자국을 확인하는 것으로.

그런데 발견 당시 레프티는 포대기에 꽁꽁 싸여 있었어. 만약 포대기를 벗겨 잘못 유괴한 사실이 밝혀지면 범인은 그 시점에서 유괴 기회를 놓치지 않으려고 서둘러 공작부인의 저택으로 돌아가야 해. 레프티를 다시 포대기로 꽁꽁 싸매고 있을 시간은 절대 없다고.

냄새만으로는 아기를 착각했는지 알 수 없을 텐데, 엉덩이를 확인한 흔적도 없어. 그렇다는 말은 포대기를 벗기지 않아도 당신의 아기와 레프티를 구분할 수 있는 결정적인 차이점이 있다는 말이지. 하지만 라이티와 레프티는 화상 외에는 다른 점이 없을 정도로 똑같이 생긴 쌍둥이야. 이 모순을 풀 답은 단 하나. 당신의 아기는 원래부터 라이티가 아니다,야. 그렇지?"

공작부인이 안고 있는 아기는 언뜻 보면 평범한 새끼 돼지다. 하지만 자세히 보면 눈은 인공 눈알이었다. 그리고 등 뒤에 지퍼가 달려 있었다.

개구리가 포대기를 벗기지 않고도 확신할 수 있었던 이유는 레프티의 눈을 열어 보고 '인공 눈알이 아니다'는 사실을 확인했기 때문일 것이다.

공작부인은 아기를 조금씩 흔들며 달랠 뿐 아무 말도 하지 않았다. 그런 편이 내가 마음껏 추리를 펼칠 수 있어서 좋기는 하지만.

나는 말을 이었다.

"무슨 영문인지, 당신은 겉으로는 사산한 척을 하며 몰래 아이를 키우려고 했어. 그래서 패티에게서 라이티를 사서 그를 죽인 뒤 박제 방식으로 가공해 아기에게 씌우고 새끼돼지를 자신의 아기로 믿으며 키우는 척을 했지. 온 집 안을 후추투성이로 만든 데는 여러 가지 이유가 있어. 첫 번째는 사산의 충격으로 정신이 이상해졌다는 연기에 설득력을 싣기 위해서. 두 번째는 그동안 자주 놀러 왔던 마을 사람들이 앞으로는 올 일 없도록 사람을 물리치기 위해서. 세 번째는 오늘 방문한 우리처럼 어떤 문제가 생겨서 집에 누군가 들어왔을 때, 후추 연기로 후각과 시각을 둔하게 만들어서 돼지가 짐승 냄새를 풍기지 않는 박제 인형이라는 사실을 들키지 않기 위해서."

―가끔은 집밖으로 아기를 데리고 나가기도 하니까, 그런데 짐승 냄새를 맡아본 적은 없어. 한 번도.

그렇게 대답할 때, 개구리는 어딘가 켕기는 구석이 있는 모습이었다. 그 대답은 거짓이었을 것이다. 공작부인은 아기가 사람들의 눈에 띄는 것을 매우 꺼려 했으니 집밖으로 데리고 나갔을 리가 없다. 아기에게서 짐승 냄새가 나지 않는 것은 애초에 짐승이 아니었기 때문이다. 함께 살고 있는 개구리도 당연히 모든 사정을 알고 있었을 터였다.

그는 그 사실을 빌미로 공작부인을 협박할 수 있었을 테지만 공공연한 악인이 될 용기는 없었을 것이다. 그래서 남몰래 아기를 유괴해 머리핀을 요구했다.

"패티와 레프티가 재채기를 했는데 당신의 아기만 아무렇지 않았던 것도 평범한 돼지가 아니라는 증거야. 당신은 아기가 후추를 마실 것이 안타까워서 돼지 코에 후추를 차단하는 필터 같은 장치를 집어넣었을 거야. 인간의 울음소리를 돼지 울음소리로 변환할 수 있는 구조로 말이야."

꿀꿀거리는 소리가 그쳤다. 인형 속 아기가 울음을 그친 듯했다.

"우리가 처음 만났을 때, 당신은 옷을 입는 데 뜸을 들였어. 그건 본인의 옷 때문이 아니라 아기를 황급히 박제 인형 속에 넣기 위해서였지. 아기가 사람이라는 사실을 들키기 싫었던 당신은 우리를 쫓아내려고 했어. 하지만 곧장 생각을 바꿨어. '혹시 아기가 사람인 것을 봤을지 몰라. 슬쩍 확인해볼까? 아니야, 그것만으로는 부족해. 무단침입한 이 두 사람은 우리 아기를 의심해서 조사하려는 사람일지도 몰라. 자리를 마련해 차분히 탐색해야겠어'라고 생각했겠지. 그러니까 갑자기 태도를 바꿔서 우리를 점심 식사에 초대한 거야. 그리고 식당에서 대화를 나누면서 내가 단지 수수께끼를 찾고 있을 뿐 아기의 정체를 의심하지 않는다는 사실을 알고 당신은 안심했어. 점심 식사가 끝나고 더 이상 볼일이 없어지니 다시 쌀쌀맞게 안녕, 한 거지. 그 이후에 레프티가 아기 방에 들어가서 당신의 아기와 마주쳤어. 레프티가 기절한 이유는 두 말 할 것도 없지. 쌍둥이가 이미 죽어서 박제 인형이 되었다는 사실을 알았으니까."

내가 레프티가 기절한 이유를 잘못 짚었을 때 레프티가 꿀 하고 틀렸다는 듯 울었던 이유는 이 사실을 알리기 위해서였을 것이다.

"레프티가 우리와 함께 뒷문과 아기 방에 갔을 때, 갑자기 날뛰었던 이유는 무서운 기억이 있는 장소에 두 번 다시 가고 싶지 않았기 때문이야."

"그랬군요. 그 아이에게는 못할 짓을 했어요……."

공작부인은 진심으로 미안한 듯 말했다.

두 번째 문제는 '공작부인의 아기의 행방은?'이 아니라 '라이티의 행방은?'이었다. 정답은 '공작부인에게 살해당해서 박제되었다'다. 나는 조금 전 흰토끼에게 답을 말한 뒤 이미 두 번째 하트 모양 칩을 받았다.

나는 공작부인에게 말했다.

"그런데 한 가지는 모르겠어, 알려줘. 어째서 이렇게 까지 해서 아기가 살아 있다는 사실을 숨기려고 했어? 아기가 죽어서 다행이라고 말한 사람도 있었는데, 그것과 관계가 있는 거야?"

공작부인은 깜짝 놀랐다.

"당신은 아이 모집 법을 모르나요?"

"아이 모집 법?"

"그녀는 아무것도 몰라."

흰토끼가 말했다. 마치 내가 바보라는 말투였다. 오해받고 싶지 않아서 보충 설명을 달았다.

"나는 다른 나라에서 왔어."

"그렇군요⋯⋯. 요즘 이 나라를 통치하는 '하트 왕'이 새 왕비 '하트 여왕'을 맞아들였는데, 그 여왕이 상당히 제멋대로인 사람이라 수많은 독재법을 만들었어요. 그 중 하나가 '아이 모집 법'이죠. 왕과 왕비 사이에 좀처럼 아이가 생기지 않자 백성들에게 징집하자는 법을 만들었어요. 모든 가정은 아이가 태어날 때마다 여왕에게 바쳐야 합니다."

"모든 가정, 이라니. 그렇게 많은 아기를 모아도 다 기를 수 없잖아."

"그중에서 마음에 드는 아이를 선별하는 거예요. 그리고 나머지는…… 전부 죽여버립니다."

"죽인다고?" 나도 모르게 되물었다. "왜 죽이지? 원래 가정으로 되돌려 보내면 되잖아!"

"그게 정상적인 생각이지만 그 여왕은 달라요. 여왕인 자신이 아이가 없어 외로우니 백성들도 똑같이 외로워야 한다고 생각해요."

"뭐라고? 여왕은 선택한 아이를 양자로 들이잖아. 왜 외롭지?"

"처음에는 아이를 귀여워 하지만 아이가 울고 보채거나 조금이라도 신경에 거슬리게 하면 바로 죽여버린다고 해요. 그래서 다음 양자를 찾기 위해 또다시 아이 모집— 아니, 아이 사냥을 하는 거죠."

"너무해……."

그 이상의 말은 나오지 않았다.

"나는 내 아이를 여왕에게 빼앗기지 않으려고 사산한 척했습니다."

"하지만 아기 돼지를 기르는 척을 할 필요가 있었을

까? 집밖으로 전혀 나가지 않으면 들킬 일도 없잖아."

"집밖으로 나가지 않아도 울음소리 같은 걸로 주변에 알려져요. 그러니까 돼지 인형 안에 넣어 당당하게 키우기로 한 거예요. 트럼프 병사의 갑작스러운 사찰에 대비하는 의미기도 하고요."

"그렇구나……. 하지만 그런 일을 잘도 이야기해주네. 좀 더 필사적으로 숨기려고 해도 이상하지 않을 텐데."

"개구리를 놓친 이상 이미 늦었으니까요."

"앗!"

급작스럽게 후회가 밀려들었다.

"놈이 원한을 품고 여왕에게 밀고할지도 몰라. 미안, 내가 제대로 잡기만 했어도……."

"원래는 저희끼리 정리해야 했던 일입니다. 당신은 충분히 잘 해주었어요. 저는 이제 야반도주할 준비를 해야겠습니다."

공작부인은 요리사에게 향했다.

"당신은 고향으로……."

"저도 따라가겠습니다."

요리사는 표정 하나 바꾸지 않고 말했다.

"내 후추 요리를 좋아하는 사람은 부인뿐이니까요."

잠시 침묵한 뒤 공작부인은 쥐어짜내듯 말했다.

"……고맙네."

우리는 동굴 앞에서 헤어졌다.

나는 흰토끼와 숲속을 걸으면서 앞으로 하트 여왕이 반드시 내 앞길을 막으리라는 예감이 들었다. 원작에서는 미워할 수 없는 구석도 있던 하트 여왕이지만, 이 게임에서는 반드시 쓰러뜨려야 할 악당일 것 같다. 나는 적의를 불태우며 풀숲을 쿵쿵 걸었다.

앨리스의 아버지와
쿡 드레이크 20년 전

"쿡, 이번 일은 정말 재난과 같은 일이야. 나라도 괜찮다면 힘이 되어주고 싶네. 무슨 일이 생기면 언제든 연락주게."

"……집어 쳐."

"뭐라고?"

"잠꼬대 같은 소리 집어 치우라고! 당신이 이제 와서 옛날 일을 들쑤시는 바람에 엄마가 자살한 거야! 당신이 엄마를 죽인 거나 마찬가지라고!"

"그 일은 정말 면목이 없다. 내가 자네의 어머니를 너무 몰아붙여서…….."

"그뿐만이 아니잖아. 엄마가 아빠를 죽인 범인이라는 사실을 아는 순간, 내 안의 엄마는 엄마가 아니게 되었어. 네가 신이 나서 떠들어댄 추리 때문에. 엄마는 두 번이나 죽었다고!"

"쿡. 3년 전, 자네 어머니는 아버지를 죽였다. 이건 사실이자 진실이야. 사람은 거짓을 바탕으로 만들어진 세상에서는 살아갈 수 없어. 자네는 진실을 알아야만 했네."

"진실? 진실이라고? 하! 탐정인 당신 입장에서는 그게 중요할지 몰라도 나는 그런 거 필요 없어. 나는 단지 엄마와 살고 싶었을 뿐이야. 평생 평화롭게 살고 싶었을 뿐이라고. 거짓 세계라도 좋았어. 그걸 당신이 빼앗아간 거야! 엄마를 돌려내! 가족을 돌려내라고!"

"쿡……."

"시끄러워, 닥쳐! 당신은 아무것도 몰라. 가족이 가족을 죽인 내 마음을 이해하지 못한다고."

"……."

"나는 당신 절대 용서 못 해. 언젠가 반드시 복수할 거야. 몇 년이 걸려도 상관없어. 반드시 복수할 거야. 기억해둬, 내 이름을. 쿡 드레이크를."

까마귀와 책상의
닮은 점은?

3
♥

모자 장수와 3월토끼와 잠쥐가 다과회를 열었습니다. 모자 장수가 앨리스에게 수수께끼를 냈습니다. "까마귀랑 책상이랑 닮은 점이 뭐지?" 앨리스는 곰곰이 생각했지만 답을 알 수 없어 물었습니다. 모자 장수가 말했습니다. "나도 몰라."

♥

　나는 흰토끼와 함께 이상한 나라의 안테나를 따라 다음 장소로 향했다.

　숲을 벗어나 회중시계가 15시를 가리킬 때 즈음, 두 번째 수수께끼를 풀었던 마을보다 번화한 도시에 도착했다. 이곳을 오가는 사람도 인간 형태와 동물 형태가 뒤섞여 있었다.

　흰토끼의 귀가 가리키는 방향으로 걸어가자 앞쪽에서 합창하는 남자들의 목소리가 들렸다. 바람 때문인지 가사 중 한 구절이 또렷이 귀에 꽂혔다.

　♪ 그녀 사전에 수수께끼란 없지……

　"저 노래 좀 들어봐. 내 이야기 아냐?"
　흰토끼는 기가 막힌다는 얼굴로 뒤돌아보았다.

"네가 그렇게 유명할 리 없잖아. 자의식 과잉이야."

"하지만 '그녀 사전에 수수께끼란 없지'라고 노래하잖아……."

역시 내 노래가 아닐까 생각하면서 걸어가는데 노랫소리가 점점 커지면서 탄내가 났다. 이윽고 광장에 도착했다.

광장에는 수많은 사람이 모여 있었는데, 그 한가운데에서 연기가 피어오르고 있었다. 인파를 헤치고 다가가자 연기의 정체를 알 수 있었다.

클로버 1, 2, 3, 4. 트럼프 병사 넷이 노래를 부르면서 무언가를 태우고 있었다. 그것은 바로 수많은 책이었다.

트럼프 병사. 원작 〈앨리스〉에 등장해 친숙한 그들을 3D로 보니 훨씬 기분이 나빴다.

키는 성인 남성 정도. 넷 다 똑같은 남자 얼굴이었다. 이 네 사람이 우연히 네쌍둥이라기보다 트럼프 병사는 모두 같은 얼굴이라고 생각하는 편이 자연스러울 것이다.

몸통은 커다랗고 펄럭펄럭한 흰색 바탕의 트럼프였다. 모양 배열은 일반 트럼프와 똑같지만 네 모서리에는 이상한 금장식이 되어 있어, 본래 왼쪽 윗부분과 오른쪽 아랫부분에 적혀 있어야 할 숫자가 없었다. 그 금장식에는 인간의 팔다리가 달려 있었다. 팔다리가 시작되는 부분은 평면이 갑자기 입체로 변하는 형태였는데, 균형이 불안해 보였다.

그들이 노래했다.

♪ 그녀 사전에 수수께끼란 없지

♪ 하트 여왕님이야말로 전지전능한 절대자

♪ 그러니 의심해서는 안 돼

♪ 아무 생각도 하지 마

♪ 여왕님만 믿으면 구원받을 수 있어

♪ 그러니 우리는 수수께끼를 모두 죽여 없애자

♪ 비로소 탄생하는 명명백백한 세상

♪ 하트 여왕님이야말로 전지전능한 절대자

"클로버인데 하트 여왕을 칭송하네."

내가 이상하다는 듯 말하자 흰토끼가 설명했다.

"트럼프 병사는 어떤 모양이라도 하트 왕과 여왕 부부의 지배하에 있어. 그중에서 하트 모양이 그려진 자들은 성에서 근무하는 엘리트인 근위병뿐이야. 성 밖은 카드에 그려진 모양에 따라 담당 구역이 정해져 있는데, 이 거리를 담당하는 병사는 클로버지. 덧붙여서 트럼프 병사는 모양에 상관없이 모두 얼굴이 같아."

"흐음. 그래서 저 녀석들 지금 뭐 하고 있는 거야?"

그 질문에 대답한 사람은 흰토끼가 아니라 내 옆에 있던 가짜 거북이었다.

"그들이 노래하고 있는 대로지. 하트 여왕이 전지전능하려면 이 세상에 그녀가 풀지 못할 수수께끼(wonder)가 있으면 안 되거든. 하트 여왕이 독재를 펼치기 위해서는 백성들이 의심(wonder) 따위 해서는 안 되니까. 그래서 그녀는 wonder를 모조리 죽여버리기로 했어. 가장 먼저 타깃이 된 것이 추리소설과 퍼즐책이야. 내가 고생해서 엮은 퀴즈집 〈가짜 거북의 수프〉도 불타버렸어……."

예, 아니오로 대답해야 하는 질문을 반복하면서 답을 좁혀가는 퀴즈 〈거북의 수프〉라고 적혀 있겠지.

"그게 뭐야, 너무해!"

하트 여왕은 나와 똑같이 '수수께끼 죽이기'라는 말을 사용하지만, 하는 일은 정반대다.

나 '수수께끼를 죽이는 앨리스'는 수수께끼와 정정당당하게 맞서 해결해 없앤다.

그러나 하트 여왕은 자신의 지위를 지키려는 이유 하나만으로 수수께끼를 풀려는 노력은 하지 않고 그것을 철저히 봉쇄할 뿐이다.

용서 못 해. 내 캐치프레이즈를 독재정치에 이용하다니.

그뿐만이 아니다…….

겹쳐 보였다.

백성들이 수수께끼 놀이를 하지 못하게 억압하는 하트 여왕과, 내가 수수께끼 놀이를 하지 못하도록 하는 어머니가.

하트 여왕을 향한 분노와 어머니에게 품고 있던 불만이 하나가 되어 내 마음에도 불을 지폈다.

"아, 꼬마 아가씨, 기다려."

나는 가짜 거북이 말리는 것도 뿌리치고 트럼프 병사를 향해 성큼성큼 다가갔다.

"거기, 당신들. 이런 짓은 그만둬."

그들은 노래를 멈추고 나를 노려봤다. 클로버 4가 말했다.

"넌 뭐야. 우리를 거스르겠다는 거냐."

"거스르고 맞설 거야."

"우리에 대한 반역은 곧 여왕 폐하를 향한 반역이다. 알고 있겠지?"

"여왕이 뭐! 나는 명탐정이야."

"……죽고 싶은 모양이군."

4는 허리에 차고 있던 검을 뽑아들었다. 칼날이 번쩍하고 탁한 빛을 내뿜었다.

어떡하지? 앞뒤 생각 없이 저질러버렸다.

4가 한 발짝 다가왔다. 나는 뒷걸음질쳤다.

맞아, 게임마스터인 흰토끼라면…….

나는 흰토끼가 있는 방향으로 고개를 돌렸다. 그러나 그는 군중 속에서 히죽거리며 구경할 뿐이었다. 그래. 잠시라도 기대한 내가 잘못이지.

나는 다시 앞을 바라봤다. 4가 검을 치켜들었다.

엇, 칼에 베이면 어떻게 되지? 게임 오버인가? 그런데 가상현실은 보통 아픔을 느끼잖아.

칼을 내려쳤다.

그 순간, 옆에서 누군가가 나를 들이받았다.

나는 허공에 떠올랐다.

그리고 공중에서 나를 둘러멨다.

우리는 원 모양으로 모인 사람들을 뛰어넘어 원 밖에 착지했다. 그러더니 다시 뛰어올랐다.

트럼프 병사의 고함 소리와 사람들이 웅성거리는 소리, 광장의 풍경이 멀어져 갔다.

나를 둘러멘 정체불명의 인물은 껑충껑충 뛰어오르며 복잡하게 뒤엉킨 골목으로 도망쳤다.

♥

"후우, 이 정도 왔으면 괜찮겠지."

어둑어둑한 뒷골목에 다다르자 그 사람은 흙 포대라도 내려놓듯 나를 내려놨다.

"아야!"

왜 이렇게 거칠어.

하지만 이 사람이 아니었으면 위험할 뻔했다.

나는 구세주를 올려다봤다. 가느다란 건물들 사이로 들어오는 햇빛에 눈이 부셔, 순간 실루엣밖에 보이지 않았다.

길쭉한 귀…….

"……흰토끼?"

"흰토끼라니? 이 3월토끼를 그런 잘난 척하는 녀석과 똑같이 취급하지 말라고!"

눈을 가느다랗게 뜨니 비로소 상대의 모습이 보였다. 품위 없게 생긴 갈색 토끼였다. 흰토끼가 아니었다.

……그럼 그렇지. 그 녀석이 도와줄 리가 없지.

납득은 했지만 까닭 모를 실망감이 밀려들었다. 3월 토끼가 말을 이었다.

"알겠어? 내 말 새겨들어. 우리 털은 와일드한 갈색이고, 그 녀석은 병약한 흰색이야. 토끼와 토끼 똥만큼이나 다르다고."

어디서 들어본 적 있는 말인데…….

"그 말대로라면 갈색인 당신이 똥이라는 말 아냐?"

"하하하, 무슨 바보 같은…… 으응?"

3월토끼는 한참을 생각하더니 말했다.

"……그러네. 이봐, 당신, 잘도 눈치챘군. 역시 명탐정을 자처할 만해!"

"그냥 네 머리가 문제인 것 같은데."

"아니야, 머리에 문제가 있는 건 내가 아니라 흰토끼

야. 그 말은 흰토끼가 우리에게 자주 하던 말이니까 말이야. '나와 너는 토끼와 토끼 똥만큼이나 다르다'고."

"그야 그쪽은 하야니까 할 수 있는 말이지."

"으응?"

3월토끼는 또다시 생각에 잠겼다. 나는 그가 진실에 닿기까지 기다리지 않고 말했다.

"그보다 아까는 구해줘서 고마워."

"아니 뭘 그런 걸로. 그런 건 누워서 떡 먹기, 아니 식은 죽 먹기지. 수수께끼를 사랑하는 동지를 돕는 건 당연하다고."

"수수께끼를 사랑하는 동지라고?"

내가 묻자 3월토끼는 아차 하며 입을 꾹 다물었다. 그러나 곧 다시 입을 열었다.

"뭐, 괜찮겠지. 아가씨라면 그 모임에 들어갈 자격이 있을 거야."

"그 모임이라니?"

"응, 그 모임. 그러니까 차 마시러 갈래?"

3월토끼는 스스럼없이 내 어깨에 손을 얹었다. 나는 황급히 털어냈다.

"이봐! 레이디의 몸에 함부로 손대지 말아줄래?"

"그런 섭섭한 소리 마. 한 잔이면 되니까."

3월토끼는 끈질기게 손을 뻗어왔고 나는 피했다.

그러고 보니 3월토끼는 발정기인 3월의 토끼처럼 머리가 이상하다는 설정이었다. 설마 내가 토끼 귀 모양의 밴드를 하고 있다고 발정한 건 아니겠지!

나는 3월토끼의 손길을 피하며 물었다.

"'수수께끼'와 '차'에 어떤 관계가 있는데?"

그는 걸음을 딱 멈추고 의미심장하게 웃으며 말했다.

"거기에 아가씨가 찾고 있는 수수께끼가 있지."

나는 흠칫 놀랐다. 혹시 세 번째 문제와 관계가 있을까?

잠시 생각하고는 말했다.

"좋아, 어울려보지."

"그렇지! 이쪽, 이쪽이야."

3월토끼는 껑충껑충 뛰며 골목 안으로 들어갔다. 나는 뒤따라가며 흰토끼는 어쩌지 생각했다.

흥, 알게 뭐람. 날 구해주지도 않은 녀석 따위.

♥

"잠깐, 기다려. ……기다리라고, 했잖아. ……기다리

라고! 이 토끼 똥 녀석아!"

가쁜 숨을 몰아쉬며 앞서가는 3월토끼를 불러 세웠다. 내 목소리가 겨우 들렸는지 그가 멈춰 서서 뒤를 돌아봤다. 나는 어깨를 들썩이며 볼멘소리로 말했다.

"연약한, 여자아이가, 토끼의, 다리를, 어떻게, 따라가. 좀, 보면서, 가라고."

"아, 알겠어. 미처 몰랐네. 미안. 거의 다 왔어."

눈앞에 건물의 뒷문이 있었다. 우리는 문을 열고 안으로 들어갔다.

복도를 걸어가니 카운터 뒤쪽으로 연결됐다. 카운터 너머로 다양한 모자가 걸려 있었다. 모자 가게다. 위치상으로 큰길과 접해 있다고 추측되는 문은 닫혀 있었다.

우리는 카운터를 빠져나와 직원 휴게실 같은 좁은 방으로 들어갔다.

탁자 위에 티포트 하나와 찻잔 받침에 놓인 찻잔이 두 개 있었다. 모든 잔은 홍차로 가득 차 있었다. 김이 나지 않는 것을 보니 다 식은 것 같았다.

원작에서는 모자 장수와 3월토끼와 잠쥐가 다과회를 연다. 그러나 모자 장수와 잠쥐의 모습은 보이지 않았다.

이상하다고 생각하는데 3월토끼가 양손으로 찻잔 두

개를 들어올렸다.

그러고는 그대로 가만히 서 있었다.

왜 그러느냐고 물으려던 순간, 기이한 일이 벌어졌다.

벽난로 안쪽에 있는 벽이 엘리베이터 문처럼 양쪽으로 열린 것이다.

3월토끼는 찻잔 받침 위에 잔을 다시 내려놓으며 설명했다.

"사실 찻잔 받침들은 탁자에 고정되어 있어. 두 쪽 모두 찻잔의 무게가 실리지 않은 상태가 몇 초 지속되면 벽난로 안쪽 벽이 열려서 아지트로 들어갈 수 있지."

나는 찻잔 받침을 만져 보고 그것이 고정되어 있다는 사실을 확인했다.

"정말이네. 대단한걸."

"트럼프 병사에게 들키면 안 되니까 말이야."

"몰래 숨어서 뭘 하는 거야?"

"금방 알게 될 거야. 30초가 지나면 닫히니까 빨리 들어가자."

우리는 네발로 기어 벽난로를 지나갔다. 입구가 좁아서 네발로 기어 들어가야 하는 점이 일본 다실과 똑같았다.

아지트는 창문이 없는 넓은 방이었다. 바로 앞에는 유리 탁자와 그것을 둘러싼 소파가, 안쪽에는 커다란 식탁이 있었다. 식탁 위에는 홍차와 과자가 죽 놓여 있었고 동물 형태가 아닌 진짜 사람 네 명이 자리를 잡고 앉아 있었다.

검정색 실크 모자를 쓰고 있는 할아버지가 모자 장수라는 것은 알겠다. 그런데 나머지 세 젊은이는 누구지?

언제나 여러 가지를 생각하느라 머리가 회색빛으로 센 듯한, 안경을 쓴 깐깐해 보이는 청년.

보랏빛 머리를 허리까지 늘어뜨리고 얼굴을 앞머리로 반쯤 가린, 무언가 체념한 듯 보이는 유령 같은 여자.

밤거리의 네온사인처럼 화려한 녹색 머리가 찰랑찰랑한 청년.

원작에는 이런 등장인물들은 없었던 것 같은데. 이 게임에만 등장하는 사람들인가.

나는 뚫어지게 관찰했다. 그들도 내게 수상쩍은 눈길을 보냈다.

어색한 분위기 속에서 3월토끼가 반갑게 인사를 건넸다.

"안녕, 제군들. 늦어서 미안."

"그건 괜찮은데."

모자 장수가 말했다.

"옆에 있는 여자아이는 누구인고?"

"내가 굉장한 아이를 데려왔어! 무려 명탐정이라고. 게다가 용감무쌍해."

3월토끼는 트럼프 병사가 책을 태우지 못하게 하려고 내가 나섰던 일을 설명했다.

"이 모임에 필요한 인재야. 그래서 데리고 왔지."

"호오, 그것 참 대단하군. 부디 우리 모임에 들어와줬으면 좋겠구먼."

모자 장수는 눈을 반짝이며 말했다.

"잠깐, 나는 반대야."

보라색 머리 여자가 끼어들었다.

"비밀을 아는 사람은 적을수록 좋아."

"아, 지금 그 논리는 성립되지 않아. 이 아이는 이미 비밀을 알았으니까."

회색 머리 청년이 안경을 고쳐 쓰며 말하자 보라색 머리 여자는 얼굴을 붉히며 고개를 숙였다.

"나는 어느 쪽이든 상관없어."

녹색 머리 청년이 어깨를 으쓱했다.

"하지만 그렇게 어린아이가 우리의 머리를 따라올 수 있을까?"

헐, 바보 취급당했다. 그런데 어떤 상황인지 모르니 왜 무시당했는지 모르겠다.

나는 큰 소리로 이야기에 끼어들었다.

"잠깐만! 자꾸만 모임, 모임 하는데 도대체 무슨 모임이야? 나는 아직 아무 이야기도 못 들었다고."

"뭐야, 나는 또 3월토끼가 설명한 줄 알았지."

모자 장수가 말했다.

"뭐야, 나는 또 우리가 설명한 줄 알았지."

3월토끼가 말했다.

"안 했어."

내가 말했다.

"좋아, 내가 설명하지. 하트 여왕이 수수께끼 놀이를 탄압하고 있는 건 알지?"

모자 장수의 물음에 나는 고개를 끄덕였다. 모자 장수는 주먹을 꽉 쥐며 말했다.

"그런데 우리는 수수께끼를 정말 좋아한다고! 그걸 빼앗길 수는 없지. 그래서 이 다과회를 시작한 거야. 일주일에 한 번씩 여기에 모여서 출제자가 내는 문제를 다

같이 고민하는 거야."

"재밌겠다! 나도 수수께끼 좋아해."

"그럼 회원이 될 자격이 있지. 어때, 들어올 테냐?"

"으음, 하지만 매주 올 수 없어. 나는 이 나라에 하루만 머물거든."

"그럼 오늘만이라도?"

이 다과회에서 세 번째 문제가 나올 가능성이 있는 이상 참가해야 한다.

"그러지 뭐, 나도 끼워줘."

"좋았어, 확정! 일곱 번째 회원의 탄생을 축하하며 모두 박수!"

모두의 박수가 쏟아지자 나는 조금 쑥스러워졌다.

그런데, 잠깐만. 일곱 번째 회원이라고?

나, 3월토끼, 모자 장수, 회색 머리, 보라색 머리, 녹색 머리. 여섯 명밖에 없는데.

"여기 없는 회원이 한 명 더 있어?"

잠쥐일까?

"아니, 나머지 한 명도 이미 와있지."

모자 장수가 식탁 위에다 말을 걸었다.

"이봐, 잠쥐."

"자고 있어."

식탁 어딘가에서 대답이 들려왔다.

"뭐야, 자는 거야?"

모자 장수는 다시 나를 바라봤다.

"미안허이. 자는 모양이야. 나중에 깨면 소개하도록 하지."

"아니, 대답했다는 건 깨어 있다는 말이잖아."

"그렇긴 한데, 저렇게 말할 때의 잠쥐는 진짜로 잠을 잘 때와 똑같이 몸을 공처럼 둥글게 말고는 꼼짝도 하지 않으니까. 잠을 자는 거나 마찬가지야."

하긴, 잠쥐는 그런 생물이다.

나와 3월토끼는 식탁 의자에 앉았다.

먼저 나를 위해 잠쥐를 제외한 모든 회원이 자기소개를 했다. 회색 머리는 애쉬 잉글리시, 보라색 머리는 바이올렛 스미스, 녹색 머리는 에메랄드 키드먼이라고 했다. 〈앨리스〉 세계에 사는 인물들치고는 평범한 이름이어서 오히려 이상하다는 생각이 들었다.

다음으로 회장인 모자 장수가 인사했다.

"제군들도 알겠지만 여왕의 수수께끼 사냥은 날로 심해지고 있다. 그런 상황에서 우리가 계속 활동한다는 건 상당히 뜻깊은 일이고……."

"저기, 그래서 말인데."

바이올렛이 말을 끊었다.

"무슨 할 말 있나?"

"이 사태가 잠잠해질 때까지 당분간 활동을 중단하는 게 어떨까?"

그녀의 말에 방 안이 술렁거렸다.

"어, 어째서 그런 말을 하는 거야?"

모자 장수가 물었다.

"어째서라니? 당연하잖아, 위험하니까. 이 모임을 여왕에게 들켰다가는 다 같이 죽는다고."

"겁이 나면 혼자 그만두면 될 일이지."

애쉬가 냉정하게 말했다.

"나는 안 그만둘 거야. 세상에는 목숨보다 중요한 게 있는 법이지."

"맞아, 맞아. 앨리스의 용기를 본받으라고."

3월토끼도 거들었다.

"트럼프 병사가 들이닥치면 내가 지켜줄게."

에메랄드는 아니꼬운 대사를 날렸다.

바이올렛은 한숨을 푹 쉬었다.

"알겠어. 좀 걱정이 돼서 말했을 뿐이야. 다들 모임을 이어갈 의지가 있다면 나도 안 그만둘게."

모자 장수는 두어 번 주억거렸다.

"확실히 바이올렛이 말한 대로 위험하기는 해. 그러니까 부디 다들 조심하시게. 밖에서는 절대로 원더의 W 자도 꺼내면 안 돼."

"와일드의 W는?"

3월토끼가 말했다.

"그건 괜찮아."

뭐래니.

"자, 이제 본론으로 들어가 볼까. 오늘은 내가 문제를 내는 날이잖우. 사흘 밤낮으로 고심한 끝에 완성한 걸작이야. 귓구멍 열고 잘들 들으라고."

"괜찮으려나. 할아버지는 가끔 너무 깊게 생각해야 하는 문제를 내곤 하잖아."

에메랄드가 빈정거리는 말투로 말했다.

"그것 참 기대되네."

"그럼 다들 준비됐지? 시작한다. 문제. 까마귀(raven)랑 책상(writing desk)이랑 닮은 점이 뭐지?"

앗, 원작에도 나왔던 수수께끼다. 원작에서는 출제자

인 모자 장수 자신도 답을 몰랐는데, 이 게임에서는 밝혀질까? 이것이 세 번째 문제일까?

애쉬는 엄청난 기세로 앞에 있는 종이에 무언가를 쓰기 시작했다. 바이올렛은 종이와 연필을 두고 손은 움직이지 않았다. 에메랄드는 뒷머리를 양팔로 받치고 여유롭게 천장을 올려다봤다.

나는 과자를 먹으며 생각했다.

까마귀……. 새, 난다, 검다, 불길, 머리가 좋다.

책상……. 가구, 위에서 무언가를 쓴다, 갈색……으로 한정할 수는 없다, 목재만으로도 한정할 수 없다, 무겁다.

다리 두 개와…… 네 개. 부리와 책상 모서리? 철자에도 공통점이 없다.

으음, 모르겠네.

회원들이 이따금 답을 말했지만 하나같이 억지스러워서 도무지 정답 같지 않았다.

아니나 다를까, 모자 장수는 땡을 외쳤다.

그러는 사이 답을 말하는 사람도 점점 줄어들면서 지지부진해졌다.

그때, 빈 찻주전자에서 잠쥐가 튀어나왔다. 무언가

알아냈나 싶어 기대했는데 착각이었다. 그는 꿈속을 헤매는 듯한 발걸음으로 식탁 위를 돌아다니다가 타르트를 한입 베어 물더니 다시 식탁 위를 돌아다니다가 모자 장수의 연미복 안쪽 주머니로 들어갔다.

결국 마지막까지 정답을 맞힌 사람은 없었다.

모자 장수는 득의양양하면서도 아쉬움이 섞인 얼굴로 말했다.

"흐음, 너무 어려운가."

"너무 너무 어려워. 어차피 정답을 들어봤자 딱 와 닿지 않는 거 아냐?"

입을 삐죽거리는 에메랄드를 바이올렛이 나무랐다.

"다른 사람이 낸 문제를 트집 잡으면 안 돼."

"암, 그렇고말고."

모자 장수도 거들었다.

"이번 문제는 내 야심작이라고 말했지 않나. 정답을 들으면 딱 느낌이 올 거라고."

"그럼 정답을 알려줘."

"아니지, 아무도 못 풀었으니 규칙에 따라 다음 주까지 풀어 와야 할 숙제지."

애쉬가 안경을 닦으며 말했다.

"맞아. 정답은 다음번에 발표할 테니 그때까지 각자 생각해 오시게들."

모자 장수의 말을 끝으로 오늘의 모임이 마무리됐다.

♥

뒷정리는 전부 모자 장수가 한다고 했다. 이 아지트에는 싱크대가 없으니 부엌에 가지고 가서 설거지를 하겠지. 조금 미안한 생각이 들었지만 다른 회원들은 익숙한 듯 줄지어 출구로 향했다.

그런데 출구는 닫혀 있고 아지트 안에는 찻잔 장치가 없었다. 어떻게 하려나 생각하는데 애쉬가 벽에 있는 스위치를 눌렀다. 그러자 벽의 낮은 곳이 미닫이문처럼 양쪽으로 열렸다.

밖에서 열 때는 찻잔 두 개를 동시에 들어올리고, 안에서 열 때는 스위치를 누르면 되는구나.

우리는 벽난로를 지나 휴게실로 돌아와 뒷문으로 나갔다.

세 젊은이가 앞장서서 걸었다. 나와 3월토끼는 뒷골목을 느긋하게 걸었다.

"으음, 궁금하네. 까마귀랑 책상이랑 닮은 점이 뭘까.

당신은 뭔지 알겠어?"

"아니, 내 머리로는 전혀."

"그렇지? 당신에게 물은 내가 바보지."

"내가 아무것도 모른다는 걸 잘도 알았네. 역시 명탐정이야! 그런데 왜 아가씨가 바보라는 거야?"

안 되겠어, 이 녀석과 이야기하면 머리가 다 아파 온다. 그래서 말없이 걸었다.

나는 생각했다. 다과회에서는 사건다운 사건이 일어나지 않았다. 그러면 까마귀와 책상에 대한 수수께끼가 세 번째 문제일까? 아니면 두 번째 문제 때처럼 앞으로 무슨 일이 벌어지는 걸까?

흰토끼는 언제쯤 합류할까? 아니, 그 녀석이 없어서 외롭다는 말이 아니라 그저 이상한 나라의 안테나가 없으면 다음에 어디로 가야 하는지 모르니까 걱정이 된다는 말이다. 내가 3월토끼와 함께 움직여서 삐쳤나?

이런저런 생각에 잠겨 골목을 걷는데 샛길 쪽에서 귀에 익은 남녀의 목소리가 들렸다.

서로 약속이나 한 듯 눈이 마주친 나와 3월토끼는 모퉁이에서 길 안쪽을 엿봤다.

벽을 등지고 바이올렛이, 바이올렛을 마주 보고 에메

랄드가 서 있었다.

에메랄드가 말했다.

"요전에 했던 이야기 생각해봤어?"

"응……. 그런데 나는 역시……."

"그 녀석이 더 좋아? 그 거슬리는 안경잡이 새끼가."

"하지 마. 애쉬를 그런 식으로 말하지 마!"

바이올렛은 우리와 반대 방향으로 뛰어갔다.

"앗……."

에메랄드는 손을 뻗었지만 쫓아가지는 않았다. 고개를 숙이고는 혼잣말을 내뱉었다.

"빌어먹을, 어떻게 해야 바이올렛을 잡을 수 있지."

흔하디흔한 삼각관계. 전혀 관심 없는 분야다.

"우와, 발정기네."

발정기의 토끼가 신이 난 듯 말했다.

"쉿, 들리겠어. 빨리 가자."

우리는 다시 걸었다.

얼마 지나자 이번에는 또 다른 샛길에서 잔뜩 흥분한 목소리가 들렸다. 들여다보니 애쉬가 있었다. 냉정하고 침착해 보이던 그가 지금은 얼굴을 붉히며 나무통을 걷어차고 있었다.

"난 천재야. 내가 풀지 못하는 수수께끼 따위는 없어. 그런데 또 그 모자 장수 놈이라니. raven이니 writing desk이니 뭐라는 거야."

그는 두 단어를 중얼거리며 나무통을 계속 걷어찼다.

우리는 슬그머니 자리를 떴다.

"수수께끼를 즐겁게 풀면 좋을 텐데."

내가 중얼거리자 3월토끼가 말했다.

"아이참, 저건 나름대로 즐기는 모습이라고."

"진짜?"

"그래, 즐겁지도 않은데 저렇게 골똘히 생각하겠어? 난 즐겁지 않은 일이라면 아무 생각도 하고 싶지 않아."

"당신은 확실히 그래 보여."

즐겁다면 다행이지만 상식에서 조금 벗어난 것 같았다. 바이올렛은 애쉬의 저런 모습을 알고 있을까.

그런 생각을 할 때였다.

"찾았다, 저기 있다!"

♥

소리가 나는 방향을 돌아보니 클로버 5와 6이 이쪽으로 달려오고 있었다.

큰일 났다. 뒷골목이라고 방심했어!

어쩔 줄 몰라 하는 나를 3월토끼가 거칠게 둘러멨다.

"꽉 잡아!"

말이 끝나자마자 껑충 뛰어올랐다. 엄청난 점프력이다. 2층 건물보다 더 높이 뛰어올랐다. 그리고 빨래가 널려 있는 옥상에 착지했다.

3월토끼는 나를 둘러멘 채 옆 건물 옥상으로 뛰어넘었다.

"도망간다, 잡아라!"

"저기 있다!"

트럼프 병사의 목소리도 뒤를 쫓았다. 밑을 내려다보니 온갖 길에 얼굴이 똑같은 트럼프 병사들이 모여들었다. 포커를 칠 수 있을 정도로 많았다.

그 가운데 몇 명은 낚싯대 같은 것을 들고 있었다. 저것이 도대체 무얼까…… 싶어서 빤히 쳐다보다가 그것의 정체를 알아차렸을 때.

핑!

우리 바로 옆 벽에 막대기가 꽂혔다.

화살이었다. 트럼프 병사가 들고 있는 것은 활이었다.

핑! 핑! 우리는 쏟아지는 화살들 사이를 뚫고 껑충껑

충 뛰어 옥상과 지붕을 넘어 도망갔다. 화살에 맞으면 어떻게 될지 몰라 두려워서 더 이상 생각하지 않기로 했다.

3월토끼가 다음 옥상으로 넘어가려고 했다. 그러나 그 옥상에는 검을 든 트럼프 병사 두 명이 먼저 와 버티고 서 있었다.

"그럼 반대쪽으로!"

3월토끼는 방향을 틀었다. 하지만 그쪽 옥상에도 트럼프 병사가 기다리고 있었다.

"제길, 되돌아갔다가는 고슴도치가 되고 말 거야. 역시 저쪽으로 가야 하나?"

3월토끼는 마지막으로 남은 방향을 바라봤다. 그쪽에도 옥상이 있었는데, 트럼프 병사의 모습은 보이지 않았다. 그런데 한 가지 커다란 문제가 있었다.

그 옥상은 너무 멀었던 것이다.

"앨리스."

3월토끼가 숨을 헐떡이며 말했다.

"왜?"

"나를 믿지 않아도 돼. 스스로의 운을 믿어."

오오, 멋있잖아.

순간 그렇게 생각했지만 곰곰이 생각해보니…….

"잠깐, 그거 무책임한 말 아니야?"

3월토끼는 대답 없이 도움닫기를 시작했다. 폭이 지나치게 넓은 빈 공간이 점점 다가왔다. 나는 비명을 질렀다. 차가 갑자기 브레이크를 밟을 때 나는 목소리였지만 3월토끼는 멈추지 않았다.

뛰었다.

나도 모르게 눈을 질끈 감았다.

몇 초 후, 땅을 디딜 때의 힘이 느껴졌다.

성공했구나!

나는 몹시 기뻐하며 눈을 떴다.

그런데 눈앞에 무서운 광경이 펼쳐졌다.

목적지인 옥상에 닿아 있는 것은 3월토끼의 한쪽 발 중 사 분의 일뿐이었다. 나머지 몸은 전부 공중에 있어 지금 막 허공으로 기울어지려는 참이었다. 3월토끼는 나라도 구하려고 둘러멘 손을 떼려고 했다. 그러나 그 노력은 헛수고로 돌아갔다. 우리는 저승사자에게 끌려가듯 허공으로 떨어졌다.

"이런, 내 운을 믿는 걸 까먹었어."

역시나 3월토끼의 무책임한 말이 들린 동시에 강한

충격이 온몸을 덮쳐왔다.

생생한 고통에 순간 정신이 달아났다.

제정신을 차리고 눈을 뜨니 내가 3월토끼를 깔아뭉개고 있었다. 황급히 몸을 일으켰다. 두 사람이 떨어질 때의 충격으로 3월토끼의 몸이 부드러운 모래 바닥에 깊숙이 박혔다. 아무리 모래 바닥이라지만 3월토끼의 위에 떨어진 나도 그렇게나 아팠는데, 밑에 깔렸던 3월토끼는 더 큰 타격을 입었을 것이다.

"괜찮아!?"

나는 땅에 처박힌 3월토끼를 끄집어냈다. 숨은 쉬는데 의식을 잃은 것 같았다. 3월토끼를 옮기려고 했지만 둘러메기는커녕 짊어질 수조차 없었다. 그렇다고 두 번이나 도와준 은인을 버리고 가자니 명탐정의 이름에 흠이 갈까 봐 걱정됐다.

"……분명 이쪽에 떨어졌을 거다."

저 멀리서 트럼프 병사의 목소리가 점점 다가왔다.

큰일이다, 어떡하지.

나는 황급히 주변을 두리번거렸다.

옆에 나무상자가 하나 있었다. 뚜껑을 열자 사과가 가득 차 있었다.

그래, 이걸 쓰는 거야.

나무상자를 뒤집어 사과를 쏟아내고는 3월토끼와 함께 밑으로 몸을 숨겼다.

······.

······.

······.

가만히 숨을 죽이고 있는데 여럿이 몰려오는 발소리가 들렸다.

"그놈들 어디로 사라졌지?"

"어라? 사과가 널려 있어······."

사각사각, 모래 밟는 소리.

사각.

바로 옆까지 다가왔다.

내 심장 소리가 들리지 않기를 간절히 기도했다.

"설마 그놈들, 이 나무상자 밑에 숨어 있는 거······."

심장이 쿵쾅쿵쾅 뛰었다.

그리고 통 하고 나무상자가 울리는 소리가 들렸다.

······.

"뭐야, 비어 있잖아."

"도망갈 때 나무상자를 걷어찼겠지. 그러니까 여기를

뒤져도 소용없다는 말이야. 다른 곳을 찾아보자.”

발소리가 멀어져 갔다.

나는 만약을 위해 충분히 기다린 후 슬며시 얼굴을 내밀었다. 트럼프 병사들은 진즉 사라졌다. 안도의 한숨을 내쉬며 신선한 공기를 한가득 들이마셨다.

우리가 숨은 곳은 나무상자가 아니었다. 떨어질 때 충격으로 생긴 구덩이 속에 몸을 숨기고 쏟아낸 사과를 뚜껑 삼아 그 위를 덮었다. 나무상자가 뒤집혀 사과가 널려 있는 모습을 보면 누구라도 나무상자 밑에 숨어 있지 않을까 의심할 것이다. 그리고 나무상자를 들쳐보고는 비어 있다는 사실을 확인하면 더 이상 살펴보지 않으리라 예상한 것이다. 도박이나 마찬가지였는데 다행히 내가 이긴 모양이다.

나는 다시 사과 밑으로 들어간 뒤 3월토끼가 정신을 차리기를 기다렸다.

20분쯤 지났을 때, “으음” 하고 그가 깨어났다.

그리고 상체를 벌떡 일으키자 사과가 여기저기 흩어졌다. 아차 싶었지만 다행히 근처에 트럼프 병사는 없었다.

“다행이다, 정신을 차렸네.”

"음, 앨리스? 여기는······?"

"우리는 건너편 옥상에 착지하지 못했어."

상황을 설명했다.

"아아, 그랬구나. 내가 실패했구나. 미안, 도움이 못 돼서······."

"아니, 그렇지 않아. 두 번이나 날 구해줬잖아. 고마워."

"앨리스······."

"뭐, 그래도 그중에 한 번은 빚을 갚았잖아!"

내가 사과 트릭에 대해 설명하자 3월토끼는 역시 명탐정이라며 호들갑을 떨었다.

우리는 사태가 진정될 때까지 이 골목에 잠복하기로 했다.

나는 작은 소리로 물었다.

"그러고 보니 당신 흰토끼와 아는 사이잖아. 그 녀석은 어떤 놈이야?"

"아가씨도 그 녀석을 아는 모양이네. 그 녀석은 잘 지내?"

"얄미울 정도로 잘 지내지."

"그렇구나, 그것 참 다행이다. 국립 토끼 학원을 수석으로 졸업하고 나서 소식이 뚝 끊겨서 말이야. 걱정했거든."

"호오, 그 녀석 머리가 좋았구나."

"그야 뭐. 나 같은 놈과는 차원이 다르지."

당신과 비교하면 누구든 그럴걸.

"나 지금 그 녀석과 좀 싸우는 중이거든. 그래서 약점을 알아두고 싶어서. 그래서 말인데 그 녀석이 부끄러워할 만한 이야기 같은 거 없을까?"

"부끄러워할 이야기라면 발정기 이야기?"

"그거 말고 다른 걸로 부탁해."

"그래, 음⋯⋯. 아, 그래, 그 이야기가 있었지. 어느 날 그 녀석이⋯⋯."

그 순간, 3월토끼가 갑자기 휙 날아가 벽에 부딪혔다. 그의 뺨에서 흰 공이 무섭게 회전하고 있었다. 그는 벽을 따라 주르륵 흘러내리고는 또다시 기절해버렸다.

흰 공은 3월토끼의 얼굴에서 땅으로 떨어졌다. 아니, 착지했다. 그 공이 말했다.

"후우, 큰일 날 뻔했네."

"흰토끼!"

"이야, 앨리스. 무사한가?"

"내가 죽을 뻔했던 걸 보고도 히죽히죽 웃은 주제에 무사했냐니. 너무한 거 아냐?"

"게임마스터가 플레이어를 도울 의리는 없다고 몇 번이나 말했잖아."

"다른 등장인물에게 폭력을 휘두를 권리는 있나 보네. 내 은인에게 지금 이게 무슨 짓이야. 죽다 겨우 살아났는데."

"이런, 이런. 실례했나이다. 경사가 급한 곳에서 낮잠을 자다가 굴렀지 뭐야."

"마음에도 없는 거짓말은 그만둬. '큰일 날 뻔했네'라고 했잖아. 부끄러운 과거 이야기가 폭로될까 봐 그런 거잖아."

"그보다"라며 그가 귀 안테나를 구부렸다. "모자 가게로 돌아가볼까? 재미있는 일이 벌어졌어."

"재미있는 일? 아, 드디어 세 번째 문제야?"

"그래, 대망의 세 번째 문제야."

여러 가지 일 때문에 잊을 뻔했는데, 애당초 그것이 목적이었다.

나는 흰토끼를 따라갔다.

하지만 문득 3월토끼가 마음에 걸려 되돌아갔다. 그는 한동안 눈을 뜨지 않을 것 같았다. 근처의 나무통에 걸려 있는 덮개를 가져다 덮어줬다.

"그새 정이 들었나 보네."

나는 흰토끼를 돌아보며 삐딱하게 웃었다.

"그야 구해주지 않은 토끼보다 구해준 토끼가 낫잖아."

"흥, 안아주길 바라?"

그는 의미를 알 수 없는 말을 하며 다가왔다.

"뭐라고? 자, 잠깐—."

허둥대는 사이에 그가 나를 공주님 안 듯 앞으로 안았다.

"뭐 하는 거야, 내려놔! 발정기야?"

흰토끼는 대꾸하지 않고 뛰어올랐다.

집집마다 옥상을 껑충껑충.

트럼프 병사와 마주치지 않고 순식간에 모자 가게 뒷문에 도착했다.

"어때, 그 녀석보다 훨씬 빠르지?"

"경쟁이라도 하는 거야? 바보 같아."

나는 새된 목소리로 말했다.

하지만 나를 둘러멨던 3월토끼보다 훨씬 똑똑한 방법으로 안았다는 사실은 인정할 수밖에 없었다.

♥

나는 마음을 가라앉히고 뒷문을 열었다. 카운터 뒤를 빠져나와 휴게실로 향했다. 이상한 나라의 안테나는 벽난로 쪽을 가리켰다.

탁자 위의 찻잔 받침 두 개에는 식은 홍차가 담긴 찻잔이 놓여 있었다. 아까와 똑같은 상태 같았다.

나는 양손으로 두 찻잔을 동시에 들어올렸다.

"어라?"

"왜 그래?"

"아니, 손잡이에 붉은 얼룩이 묻어 있어. 둘 다. 이거 설마……."

무언가 떠올렸을 때 벽난로 안쪽 벽이 열렸다.

아지트에 갇혀 있던 공기가 흘러나왔다.

쇠 냄새가 코를 찔렀다.

그래, 내가 떠올렸던 것은 바로 피.

서둘러 벽난로를 빠져나와 아지트로 들어가자 짐작했던 것처럼 피투성이 광경이 펼쳐졌다.

바로 앞에 있는 소파와 안쪽 식탁 사이에 모자 장수가 엎드린 채 쓰러져 있었다. 서둘러 달려갔다. 흰토끼는 뒤에서 유유히 걸어왔다.

모자 장수 옆에는 피 묻은 부집게가 나뒹굴고 있었다. 모자 장수가 썼던 검정색 실크 모자는 비스듬히 흘러내려 끝이 마룻바닥과 닿아 있었다. 그 맞닿은 부분이 물이라도 흡수한 듯 불어 있었다. 실크 모자를 조심조심 떼어내자 경사를 따라 끝쪽에 피가 고여 있었는지 모자 안쪽에서 걸쭉한 피가 쏟아져 내렸다.

"으악."

모자 장수의 후두부는 흐물흐물해져 있었다. 부집게로 여러 번 맞은 것 같았다.

살해당했다.

이 생각이 가장 먼저 들었을 때, 아버지가 하신 말씀이 떠올랐다.

―앨리스, 알겠니? 탐정이 쓰러져 있는 사람을 발견했을 때, 먼저 죽었다고 생각해서는 안 된단다. 아직 살아 있을지도 모른다고, 살릴 수 있을지도 모른다고 생각하고 우선 목숨을 구한다는 생각으로 움직여야 해.

나는 흠칫 놀라 모자 장수의 왼쪽 손목을 잡고 맥을 짚었다. 하지만 왼쪽 손목에는 이미―지문을 분별할 수 있을 정도는 아니지만—혈흔이 손가락 모양으로 말라 붙어 있었다. 범인도 맥을 확인하려고 했던 것일까, 확실히 숨통을 끊어놨는지 확인하려고.

그 흔적이 지워지면 안 되니까 오른쪽 손목의 맥을 짚으려고 했다. 그런데 오른쪽 손목에도 손가락 모양의 혈흔이 묻어 있었다. 이상하게도 이쪽은 아직 마르지 않은 상태였다.

범인은 우선 왼쪽 손목을 잡은 뒤 얼마 동안 뜸을 들이다가 다시 오른쪽 손목을 잡았던 것일까. 어째서?

어쩔 수 없이 경동맥을 확인했다. 안타깝게도 모자 장수는 역시 사망한 상태였다.

그러고 보니 다과회 중에 잠쥐가 모자 장수의 연미복 안쪽 주머니에 들어갔었지. 잠쥐는 어떻게 되었을까.

나는 문제의 주머니를 확인했다. 그러나 잠쥐의 것으로 추정되는 짧은 회색빛 털만 몇 올 남아 있을 뿐이었다.

어디로 갔을까.

사체가 입고 있는 옷을 수색했더니 연미복 아래에 받쳐 입은 화이트 셔츠 왼쪽 겨드랑이 밑에도 똑같은 털이 몇 올 붙어 있었다. 주머니에 남아 있는 것은 그럴 만

하지만 겨드랑이 밑에는 왜…….

잠쥐는 옷 속에 없는 것 같았다.

방 안을 찾아보려고 고개를 들었을 때, 조금 떨어진 곳에 검붉은 덩어리가 떨어져 있는 것을 발견했다. 붉은 카펫 위에 떨어져 있어서 처음에는 발견하지 못한 것이다. 그 덩어리에는 팔다리가 달려 있었다. 잠쥐였다.

잠쥐는 맥을 확인할 필요도 없을 정도로 상태가 엉망이었다. 똑같이 부집게로 때린 걸까, 아니면 짓밟기라도 했나?

그저 가만히 서 있는 나를 향해 지금까지 잠자코 있던 흰토끼가 입을 열었다.

"왜 그래? 네가 가장 좋아하는 추리소설의 꽃, 살인사건인데 기운이 없네. 설마 겁먹은 거야?"

확실히 흰토끼의 말대로 가상현실 속의 처참한 현장에 압도당한 것은 사실이다. 하지만 탐정이 되면 이런 현장과 수도 없이 마주하게 된다. 계속 위축되어 있을 수는 없다. 나는 마음을 다잡았다.

"겁먹은 거 아니야. 아 살인사건 최고야. 완전 신났어."

"그럼 됐어. 이제 빨리 문제를 풀어야지. 세 번째 문제는 보이는 대로야. 모자 장수와 잠쥐를 살해한 건 누구일까?"

"범인은 이 아지트의 존재를 알고 있던 인물. 즉 다과회 회원이겠지. 나와 3월토끼는 모임이 끝난 뒤 계속 함께 있었으니까 나머지 세 명, 그러니까 애쉬, 바이올렛, 에메랄드 중 누군가일 거야."

다과회 직후, 골목에서 세 사람을 봤다. 그 전에는 범행을 저지를 시간이 없었으니까 그 이후, 나와 3월토끼가 트럼프 병사에게 쫓기다가 모래 구덩이에 숨어 있는 사이에 벌어진 사건일 테다.

"맞아. 지명수배자인 네가 그들의 집을 일일이 방문해서 탐문 수사할 위험을 없애주지. 세 사람은 모두 알리바이가 없어. 옷과 머리에 피가 튀지 않아서 옷을 갈아입거나 머리가 젖지도 않았지. 이 세계에 지문 채취 기술은 없어. 즉 힌트는 이 방밖에 없다는 이야기다."

"이 다잉 메시지도 그중 하나라는 말이지?"

그렇다. 이 방 안에는 다잉 메시지 같은 것이 있었다.

문과 가까운 쪽에 있는, 소파가 놓인 하얀 카펫과 방 안쪽에 있는, 식탁이 놓인 붉은 카펫은 오십 센티미터 정도 떨어져 있었는데, 빈틈없이 깨끗하게 청소된 마룻바닥이 드러나 있었다. 모자 장수의 몸 대부분은 흰 카펫 위에 있었고, 머리와 실크 모자, 양팔의 끝부분만 마루로 비죽 튀어나와 있었다. 붉은 카펫에는 사체가 조금도 닿지 않았다.

그리고 오른손 손가락 끝이 닿은 마룻바닥. 그곳에 아홉 개의 알파벳이 새겨져 있었다.

전부 대문자에 세로로 쓴 영단어 두 개.

오른쪽에 DESK.

조금 띄어서,

왼쪽에 RAVEN.

WRITING이 빠졌지만 틀림없이 그 수수께끼를 가리키는 것일 테다.

모자 장수는 피 묻은 오른손에 버터나이프를 쥐고 있었는데, 그 끝은 DESK의 K 옆을 향해 있다. 즉 피해자가 죽을 때 범인이 누군지 알리기 위해 남긴 다잉 메시지라고 추측할 수 있었다. 식탁 위는 아직 정리되지 않았으니까 아마도 다툴 때 떨어진 버터나이프를 사용했을 것이다.

그런데 왜 그 수수께끼를 적었을까.

범인은 그 수수께끼를 아는 인물인가? 아니야. 용의자 세 사람 전부 그 문제를 알고 있다.

범인은 그 수수께끼를 푼 인물인가? 만약 그렇다고 해도 누가 풀었는지는 알 수 없다.

수수께끼에 집착하던 애쉬가 범인일까? 으음, 역시 그것만으로는 부족하지.

RAVEN(까마귀)과 DESK(책상)라는 단어 자체에 의미가 있는 것일까? 하지만 세 사람 모두 이 단어와 관계있어 보이지는 않는다.

WRITING(쓰기)이 빠진 점에 의미가 있을까? 그렇게 생각해도 전혀 모르겠다.

"게다가 영어인데 세로로 쓴 점도 이상하고…… 응?"

나는 어떤 사실을 눈치챘다.

붉은 카펫 끝자락, 실크 모자의 연장선상에 해당하는 부분에 갈색의 무언가가 한 줄기 들러붙어 있었다. 자세히 살펴보니 마른 혈흔이었다. 혈흔의 폭은 실크 모자의 폭과 일치하는 것 같았다.

그렇다는 말은 피에 흠뻑 젖은 실크 모자의 끝부분이 그곳에 닿았었다는 말인가. 하지만 실크 모자와 붉은 카펫 사이에 혈흔이 없으므로 피해자가 저항할 때 건든 것은 아닐 것이다. 그렇다면 도대체 언제?

그리고 출구를 열기 위해서인지 벽에 있는 스위치에

손가락 모양의 혈흔이 묻어 있었다. 조금 어긋난 위치에 두 개. 어째서 두 개나……

순간 머릿속에서 한 줄기 빛이 반짝였다.

아지트에 들어가기 위한 찻잔 두 개의 손잡이에 묻어 있던 혈흔.

범인이 시간 차를 두고 양 손목의 맥을 짚은 것.

왼쪽 겨드랑이에 붙어 있던 잠쥐의 털.

RAVEN과 DESK 사이가 다소 띄어져 있는 점.

영어인데 세로로 쓴 점.

사체와 떨어져 있는 붉은 카펫에 묻은 실크 모자 모양의 혈흔.

스위치에 묻은 혈흔 두 개.

모든 단서가 지금, 별자리처럼 하나로 이어졌다.

"범인을 알았어."

♥

"어디 한 번 들어 볼까?"

흰토끼는 여유롭게 미소 지었다.

"물론이지. 우선 스위치의 혈흔이 무엇을 의미한다고 생각해?"

"물론 범인이 이 방을 나갈 때 피 묻은 손가락으로 눌렀다는 이야기겠지. 이 방에는 싱크대가 없어서 손을 씻을 수 없으니까."

"글쎄. 그런데 왜 두 번이나 눌렀을까?"

"그건 그냥 조급한 마음에 '빨리 열려고' 두 번 누른 거 아냐?"

"확실히 스위치에 남은 혈흔만이라면 그랬을 가능성도 있지. 하지만 아지트에 들어오기 위한 찻잔 손잡이에도 모두 핏자국이 묻어 있었던 점을 생각하면 다른 상황을 유추할 수 있어. 범인은 범행 후 피 묻은 손가락으로 스위치를 누르고 아지트에서 나왔어. 하지만 손에 묻은 피가 마르지 않은 사이에 돌아와서 찻잔을 들어 올린 뒤 다시 아지트로 들어간 거야. 그런 다음에 또다시 스위치를 눌러 아지트를 빠져나온 거지."

"범인이 다시 한번 현장으로 돌아왔다는 말인가?"

"바로 그거야. 이 가설은 '시간 차를 두고 양 손목을 짚어 맥을 확인했다'는 가설과도 딱 들어맞아. '시간 차를 두고 양 손목을 짚어 맥을 확인했다'는 점에서 떠올릴 수 있는 가능성은 두 가지야. 첫 번째는 왼쪽 손목의 맥으로 사망을 확인한 범인이 현장을 떠난 뒤 제삼자가 아지트에 찾아와 시체를 발견했을 가능성. 제삼자는 범인이 만진 것으로 추정되는 왼쪽 손목을 피해 오른쪽 손목으로 맥을 확인했다. 그리고 피가 묻은 손가락으로 스위치를 누르고 현장을 떠났다. 이 제삼자는 어떠한 이유로 입을 다물고 있을 수도, 혹은 우리가 모르고 있을 뿐 지금쯤 이미 트럼프 병사에게 신고했을지도 몰라.

하지만 이 가능성은 말이 안 되지. 왜냐하면 제삼자가 아지트에 들어갈 때는 아직 손에 피가 묻지 않은 상태였을 테니 찻잔 손잡이에 피가 묻어 있는 건 이상하잖아.

그래서 타당한 건 두 번째 가능성이야. 모자 장수를 때려서 쓰러뜨린 범인은 어떤 이유로 왼쪽 손목의 맥을 잘못 짚고는 모자 장수가 죽었다고 착각해 일단 현장을 떠났어. 하지만 다시 돌아와서 모자 장수가 살아 있다는 사실을 알아차렸지. 그래서 이번에는 제대로 살해한 뒤 오른쪽 손목의 맥으로 사망을 확인한 거야. 손목을 바꾼 이유는 처음에 맥을 잘못 짚는 바람에 모자 장수의 왼쪽 손목은 맥을 확인하기 어려운 걸지도 모른다고 생각했기 때문일 거야. 하지만 맥을 잘못 짚은 진짜 이유는 그게 아니었어."

"맥을 잘못 짚은 이유는 뭐지? 그리고 범인이 현장으로 다시 돌아온 이유는 뭔지 말해 보겠어?"

"모두 잠쥐와 관련이 있어. 잠쥐는 몸을 공처럼 둥글게 말고 잔다고 모자 장수가 말했잖아. 잠쥐는 모자 장수가 입은 옷의 안주머니에서도 그렇게 몸을 말고 잠들었어. 그런데 범인이 부집게로 때려서 모자 장수가 쓰러졌지. 그 기세에 잠쥐가 주머니에서 튀어나와 모자 장수의 왼쪽 겨드랑이로 굴러간 거야. 범인은 모자 장수의 머리를 여러 번 내려친 뒤 죽었는지 확인하려고 왼쪽 손목을 확인했어.

여기서 모자 장수는 목숨을 건 내기를 한 거야! 의식이 희미한 가운데 왼쪽 겨드랑이에 잠쥐를 끼워 넣고 있는 힘껏 힘을 줬지. 테니스공을 겨드랑이에 끼워 넣어 맥을 멈추게 하는 고전적인 트릭 말이야. 잠쥐도 괴로웠겠지만 모자 장수도 목숨이 달려 있으니까. 아무튼 작전은 성공했고, 모자 장수가 죽은 줄 안 범인은 현장을 떠났지.

그러고 나서 모자 장수는 잠쥐를 놓아주고 바닥에 떨어져 있던 버터나이프로 다잉 메시지를 남겼어. 그런데 그때 범인이 돌아온 거야. 범인은 다과회 때 잠쥐가 모자 장수의 안주머니 속으로 들어갔던 사실을 기억해낸 거야. 잠쥐가 사건의 자초지종을 알게 되었을지도 모르잖아. 그래서 죽이러 되돌아온 거지. 그런데 웬걸, 모자 장수가 살아 있는 게 아니겠어? 범인은 깜짝 놀랐지만 냉정을 되찾고 부집게로 숨통을 끊은 뒤 오른쪽 손목을 확인하며 이번에야말로 진짜로 죽었음을 확인했어. 그리고 카펫 위에 뻗어 있던 잠쥐도 때려죽인 거지. 이걸로 전부 해결, 은 아니야.

한 가지 큰 문제가 남아 있었어. 모자 장수가 결정적

인 다잉 메시지를 남긴 것 말이야. 글자를 피로 쓰지 않고 직접 마룻바닥에 새겼기 때문에 지울 수도 없었어. 고민에 고민을 거듭한 결과 범인은 깨달았어. 다잉 메시지에 몇 글자 더 붙이면 오늘의 수수께끼 RAVEN 과 DESK가 된다는 사실을.

그래서 범인은 버터나이프로 글자를 추가하려고 했어. 하지만 카펫 때문에 글자를 새길 공간이 너무 좁았지. 글자는 마루에만 새길 수 있으니까 말이야. 그래서 식탁과 함께 붉은 카펫을 옮겨서 카펫 사이의 간격을 오십 센티미터 정도까지 넓힌 거야. 청소가 잘되어 있고 먼지가 없는 바닥이라서 붉은 카펫이 처음 있던 위치에 흔적이 남지 않았지.

그런데 범인은 작업 중에 한 가지 사실을 간과했어. 피를 흡수한 실크모자의 끝자락이 붉은 카펫에 혈흔을 남겼다는 사실을 몰랐던 거야. 실크모자는 검정색이고 카펫은 붉은색이니까, 피가 마르고 갈색으로 변한 지금도 발견하기 어려운데 마르기 전 붉은 피였을 때는 절대 눈에 띄지 않았을 거야. 이 사실로 미루어볼 때 붉은 카펫이 처음 있던 위치는 실크모자 끝과 핏자국이 딱 맞닿은 곳이라는 걸 알 수 있어. 그 상태라면 붉은 카펫이 방해가 되어 가장 위에 R와 D를 새길 수 없어. 그러니까 옮긴 거야.

거의 죽어가던 피해자가 식탁이 놓인 카펫을 움직일 수 있을 리 없잖아. 카펫이 옮겨졌다는 점에서 다잉 메시지는 범인의 페이크라는 걸 알 수 있어."

"기나긴 추리, 고생했어. 그래서? 처음 모자 장수가 남긴 결정적인 다잉 메시지는 뭐였어?"

"RAVEN과 DESK 위에서 두 번째 줄 글자를 봐. 'A E'. 글자 사이에 약간의 빈 공간이 있는 이유는 이니셜이기 때문이야. 그러니까 범인은 애쉬 잉글리시(Ash English)야. 자신의 이니셜이 새겨진 사실을 숨기려고 RAVEN과 DESK로 조작한 거지. 영어인데 굳이 어색하게 세로로 쓴 이유도 그 때문이야."

맞혔다고 생각했다.

그런데 예상치 못한 반전이 기다리고 있었다.

"어이쿠야."

흰토끼가 말했다. 굉장히 부자연스럽고 짜증 나는 말투였다.

"세 번째 줄을 봐. 'V S'라고 적혀 있잖아. 이건 바이올렛 스미스(Violet Smith)의 이니셜 아니야?"

"엇?"

나는 알파벳 아홉 개를 다시 살폈다.

"게다가 네 번째 줄에 있는 'E K'는 에메랄드 키드먼 (Emerald Kidman)이잖아? 네가 주장하는 것처럼 이니셜 조작설이라면 세 사람 다 범인이 될 수 있다고."

"지, 진짜네."

두 번째 줄의 'A E'를 발견하고는 그것으로 만족하고 말았다. 이중 함정이 숨겨져 있었다니…….

"한 끗 차이로 아쉽게 됐네."

한껏 우쭐한 흰토끼가 으스댔다.

"윽…….."

지금까지 걸어온 추리 방향은 맞을 것이다. 그런데 그 길의 끝에 범인이 없다니?

수사는 원점으로 돌아가고 말았다.

흰토끼는 힌트는 이 방 안에만 있다고 했다. 나는 아지트를 다시 한번 샅샅이 뒤졌다. 하지만 새 단서는 찾지 못했다.

RAVEN. DESK. 역시 이 다잉 메시지를 풀어야만 하나. 나는 바닥에 한쪽 무릎을 꿇고 아홉 글자의 알파벳과 계속 눈싸움을 했다.

……그러는 사이에 무언가가 눈에 들어왔다.

"어랏? 이거 설마……."

나는 눈앞에 있는 아홉 글자에 온 정신을 집중했다.

글자가 차례차례 다시 조합됐다.

세로가 가로가 되었다.

진상에 다다랐다.

"그래, 이렇게 간단했구나."

그리고 내가 입버릇처럼 하던 문구를 깜빡했다는 사실을 깨달았다.

"내 사전에 수수께끼란 없어!"

♥

내 앞에는 범인이 있다.

나는 흰토끼를 이용해서 그 인물의 집을 방문했다. 그 인물은 모자 장수와 잠쥐가 살해당했다는 소식을 듣고 깜짝 놀란 얼굴을 했다. 하지만 범인은 당신이라고 지목하자 금세 화가 난 표정을 지었다.

"무슨 근거로 그런 말을!"

나는 조금 전에 흰토끼에게 타박을 받은 부분을 포함해서 추리를 풀어냈다. 당연히 그 인물은 반박했다.

RAVEN과 DESK에는 세 사람 모두의 이니셜이 포함되어 있는데 어째서 자신이 범인이 되냐는 말이었다. 나는 만반의 준비를 하고 계속해서 추리를 풀어냈다.

"그래, 확실히 이 두 단어에는 세 사람 모두의 이니셜이 포함되어 있어. 두 번째의 'A E', 세 번째의 'V S', 네 번째의 'E K'. 하지만 잘 봐. 'A E'는 왼쪽에 R, 사이에 V, 오른쪽에 N을 붙이면 'RAVEN'이 돼. 'E K'도 왼쪽에 D, 사이에 S를 붙이면 'DESK'가 되지.

    N
  DESK
   V S
 RAVEN
  R D

즉 'A E'씨와 'E K'씨는 자신의 이니셜이 새겨져 있었다고 해도, 가로쓰기로도 RAVEN과 DESK로 조작할 수 있어. 식탁이 놓인 카펫을 굳이 옮겨서까지, 영어로 쓰기에는 다소 어색한 세로쓰기를 할 공간을 확보해야 했던 사람은 'V S'. 바이올렛 스미스 씨, 바로 당신이야!"

"맞아, 내가 죽였어."

보라색 앞머리 탓에 그녀의 표정이 보이지 않았다.

"어째서 당신이."

"나는 애쉬를 사랑해. 그런데 그는 위험한 다과회에 너무 빠져 있어. 여왕에게 들키면 어떻게 될 것 같아? 분명 다 같이 죽겠지. 그렇게 되기 전에 탈퇴하자고 여러 번 설득했어.

하지만 수수께끼 놀이는 자신이 살아가는 이유라며 말을 듣지 않았어. 그래서 난 모임을 없애야겠다고 생각했던 거야."

"그렇구나, 그래서 오늘 회원들에게 활동중지를 제안했던 거구나."

"맞아. 하지만 당신도 봤듯이 누구도 찬성하지 않았어. 그렇다면 이제 최후의 수단을 쓸 수밖에 없잖아!"

바이올렛은 머리를 뒤헝클었다. 그 순간, 젖은 눈동자가 보였다.

"회장인 모자 장수를 죽이자. 그러면 모임도 해체되고 그도 돌아올 것이다. 그렇게 생각했는데……."

이곳에도 여왕의 그림자가 드리워져 있다고 생각했다.

나는 거리를 빠져나온 뒤 흰토끼에게 세 번째 하트 모

양 칩을 받았다.

이상한 나라의 안테나를 따라 다음 장소로 향하면서 까마귀와 책상에 얽힌 수수께끼를 생각해봤다. 그리고 혹시 정답은 이것이 아닐까 하는 생각이 들었다.

정답은 까마귀와 책상 모두 황혼(evening or twilight)에 듣기 싫은 소리를 낸다는 것이다. 황혼은 해질녘뿐 아니라 만년과 쇠퇴기를 뜻하기도 한다. 오래된 책상 서랍을 열 때도 듣기 싫은 마찰음이 나지 않는가.

나는 정답이 맞는지 흰토끼에게 물었다.

"글쎄. 나는 문제를 낸 사람이 아니니까."

그는 쌀쌀맞게 대꾸할 뿐이었다.

그 문제를 낸 사람은 이제 이 세상에 없다. 나는 영원히 정답을 알 수 없다.

사람이 죽는다는 것은 그런 것이구나.

그러니까 사람을 죽이면 안 되는구나.

달걀이 먼저인가

4
♥

험프티 덤프티라는 달걀이 담장 위에 앉아 있었습니다. 앨리스가 "그런 곳에 있으면 위험해" 라고 충고했지만 그는 "괜찮아, 내가 떨어지면 왕이 구조병을 보내주기로 했어"라며 자랑했습니다. 앨리스가 떠난 뒤, 달걀이 깨지는 소리가 났습니다. 왕은 약속대로 병사 4,207명을 보냈지만, 때는 이미 늦었습니다.

♥

17시, 나는 흰토끼와 함께 저녁노을이 지는 고원을 걷고 있었다. 이상한 나라의 안테나가 가리키는 곳에는 벽돌 건물 같은 것이 있었다.

그러나 옆까지 다가가서야 그것이 얇은 담장 하나라는 사실을 알아차렸다. 높이와 길이가 십 미터 정도인데 두께는 일 미터도 되지 않았다. 한쪽 면에는 타고 올라갈 수 있는 사다리가 달려 있었고, 벽 옆에는 작은 단층집이 있었다.

왜 이런 곳에 담장이…….

이상하다고 생각하는데 위에서 목소리가 들렸다.

"안녕!"

올려다보니 담장 위에 무언가가 있었다. 뚫어지게 쳐다보니 사람의 얼굴을 한 하얀 달걀이 담장 위에 앉아 있었다.

아, 이거 험프티 덤프티의 담장 에피소드인가? 높아. 너무 높아.

"안녕!"

나도 인사를 건넸다. 상대는 십 미터 위에 있어서 큰 소리로 외쳐야 했다.

다시 목소리가 들렸다.

"이건 내 추측이긴 한데, '저 사람은 저런 곳에서 무얼 하는 걸까'라고 생각하고 있지? 친절한 내가 설명해줄까? 응?"

분명 그렇게 생각하긴 했지만 그런 식으로 말하니 듣고 싶지 않아졌다.

"별로. 됐어."

하지만 못 들은 걸까, 들리지 않는 척하는 걸까—아마도 후자겠지—, 험프티는 멋대로 설명하기 시작했다.

"나는 숭배 받는 존재야. 행운의 상징으로서 말이야. 달걀이잖아. 출산의 상징이라고. 하트 여왕 폐하가 후계자를 낳지 못했다는 이야기는 알고 있지?"

두 번째 문제 때 들었다.

"응."

"그래서 여왕 폐하는 행운의 상징으로 나를 추대한 거

야. 내가 지금 있는 여기는 이 나라에서 가장 높은 곳이
거든. 하트 성보다도 높은 곳이라고. 이게 무슨 뜻인지
알겠어?"

"몰라."

나는 대화를 끝내고 싶어서 대꾸했는데, 오히려 이야
기를 이어가기 딱 좋은 추임새가 된 모양이다. 험프티
는 잔뜩 신이 나서 말했다.

"나라에서 내 가치를 인정했다는 뜻이라고! 나는 옛
날부터 위대했지. 하지만 모두들 그걸 이해했던 건 아
니야. 그런데 지금은 상황이 바뀌었어! 이러쿵저러쿵해
도 역시 여왕 폐하야, 여왕 폐하. 사실상 최고 권력자가
내 뒤에 있는 거라고."

지금까지 여왕의 험담만 하던 등장인물이 많았는데,
원작과 마찬가지로 권위주의자인 이 달걀은 다른 사람
들과 다르게 생각하는 것 같았다. 나는 어이가 없어서
말했다.

"그것 참 잘됐네. 그렇다고 해도 그렇게 좁은 담장 위
에 있는 건 위험하지 않아?"

"그렇게 생각하지? 그런 게 바로 아마추어의 짧은 생
각이라고! 나는 나라의 비호를 받고 있어. 만에 하나 내

가 떨어지면 모든 병력을 동원하겠다고 여왕 폐하께서 직접 약속하셨지."

떨어진 뒤면 이미 늦지 않나…….

내가 그렇게 생각하는지도 모르고 험프티는 말을 이었다.

"하지만 귀찮은 점도 있어. 해가 뜨고 나서 질 때까지 계속 여기에 있는 게 일이니까 그동안 계속 햇빛에 노출되잖아. 삶은 달걀이 될 수는 없어서 자외선 차단 크림을 온몸에 바르고 있어."

"선크림이라니."

나는 무심코 웃음을 터뜨렸다.

"그런 걸로 삶은 달걀이 되는 걸 막을 수 있어?"

"음, 요즘 선크림은 기능이 뛰어나니까. 그래도 여름에는 거의 반숙이 되어버리기도 하지만. 그런데 선크림은 약 두 시간마다 발라야 해서 귀찮아. 오늘 오후에도 선크림을 다시 바르려고 평소처럼 저쪽에 있는 집에 두 번 다녀왔어."

그가 담장 아래 단층집을 가리켰다.

"그것 참 번거롭겠네."

"뭐, 그렇게 주의를 기울이면 햇빛에 타는 건 미리 막을 수 있으니까 괜찮아. 하지만 더위는 어쩔 수가 없어!
이렇게 땡볕에 있으면 땀이 줄줄 나거든."

"땀?"

"정확하게는 흰자지만."

"흰자?"

아까부터 왜인지 생물 같은 이야기만 한다. 아니,
생물은 맞나?

"달걀 껍데기에는 숨구멍이라고 해서 작은 구멍이
무수히 많아. 보통 달걀은 숨구멍을 통해 가스와 수분
만을 교환하지만 나 같은 고등 달걀은 숨구멍에서 땀
대신 흰자가 배어 나오지."

"그렇다면 조만간 껍데기 속 흰자가 다 없어지는 거
아냐?"

"당신들은 땀을 흘리면 몸무게가 제로가 되나? 그렇
지 않잖아. 나도 마찬가지야. 식사도 하고 신진대사도
해. 날마다 새 흰자가 생성된다고."

"식사라니, 뭘 먹는데?"

"늘 스스로 만들어 먹지. 오늘 점심은 여유롭게 오믈
렛을 먹었어."

"동족상잔이잖아!"

"달걀의 몸을 만드는 데는 달걀을 먹는 게 가장 좋은 걸. 나는 인간들이 동족을 먹고 싶어 하지 않는 걸 이해하기 힘들어."

험프티는 놀리듯 말하며 내게 물었다.

"당신은 오믈렛 좋아해?"

"으, 으음, 뭐."

나는 말끝을 흐렸다.

사실 오믈렛에 트라우마가 있다. 잠시 한눈을 판 사이에 누가 내 오믈렛에 겨자를 뿌린 적이 있었다. 노란색에 노란색을 뿌린 탓에 눈치채지 못하고 그대로 먹어서 입에서 불을 뿜었던 적이 있다.

그런 짓을 한 사람은 어머니였다. 정말이지, 쓸데없는 일만 벌인다니까…….

♥

흰토끼의 귀가 꿈틀 움직이며 담장이 아닌 다른 방향을 가리켰다. 이제 그만 다음 장소로 이동하라는 뜻인가.

나는 험프티에게 인사를 하고 담장 사다리가 있는 쪽에서 수직으로 쭉 걷기 시작했다. 조금 걷자 앞에 돌로

지은 탑이 있었다.

탑의 1층은 초소 같은 공간이었는데, 트럼프 병사가 한 명 있었다. 탁자에 앉아 트럼프로 혼자 솔리테어 놀이를 하고 있는 그는 스페이드 1. 세 번째 문제에 등장한 클로버 병사들과 완전히 똑같은 얼굴이었다.

순간 나는 도망치려고 했는데 상대는 어리둥절한 표정을 짓고 있을 뿐이었다.

"괜찮아, 이 지역에는 아직 너에 대한 이야기가 전해지지 않았어."

흰토끼가 귀띔했다.

"그들은 서로 횡적 연락을 못하거든."

"뭐야, 묘하게 현실적인 이유네."

나는 마음을 진정시키고 1에게 물었다.

"이건 무슨 용도로 쓰는 탑이야?"

1은 어딘가 빈정거리는 말투로 대답했다.

"험프티 덤프티 님이 떨어질 때 바로 구조병에게 연락할 수 있도록 매일 두 사람이 교대로 지키는 곳이지. 나는 지금 쉬고 있고. 선배가 옥상에서 망을 보고 있어."

"저기, 옥상에 올라가 봐도 돼?"

"괜찮지만 아무것도 없을 텐데."

"뭐가 있는지 없는지는 내가 판단해."

내가 대꾸하자 1이 입을 떡 벌렸다.

나는 흰토끼와 함께 나선형 계단을 빙글빙글 올라 옥상으로 갔다.

산들바람이 불었다. 바람이 강하게 부는 날은 험프티도 무섭겠지.

트럼프 병사 한 명이 홀로 탑 가장자리에 서서 담장 방향을 바라보고 있었다. 망원경 없이 육안으로 지켜보고 있었다.

"오, 벌써 교대 시간인가?"

병사가 뒤를 돌아봤다. 스페이드 2였다.

"응? 너희들은 뭐야."

"잠시 견학 중."

"견학?"

2는 우리를 유심히 살핀 후 납득했다는 표정으로 말했다.

"그래, 부부로군. 곧 아이를 낳을 예정이지? 그래서 출산의 상징인 험프티에게 순산을 기원하러 온 거구나."

"누가 임신을 했다는 거야! 아니, 누가 누구랑 부부라는 거야!"

"어처구니없는 모욕이군."

흰토끼도 말했다.

이 자식 지금 은근슬쩍 날 욕한 거 아니야?

2는 다시 의아한 표정을 지었다.

"그럼 무엇을 보러 왔지?"

"그건……." 나는 잠시 생각한 뒤 대답했다. "당신들."

"우리?"

"그래, 병사들이 나라를 위해 열심히 일하는 모습을 보러 왔어."

"헤헷, 그래?"

2는 쑥스러운 듯 웃었다. 단순한 놈.

"그럼 허술한 모습을 보일 수 없지."

2는 다시 담장 쪽을 바라봤다.

나도 두세 걸음 앞으로 다가가 담장을 바라봤다. 사다리가 설치된 쪽이 보였다. 담장은 나라에서 가장 높은 곳이라고 험프티가 말했던 것처럼 탑이 약간 더 낮아서 담장 위를 보려면 조금 올려다봐야 했다. 담장 위로 보이는 것은 노을빛 하늘뿐. 그 옅은 붉은색을 배경으로 흰 쌀알 같은 것이 담장 위에 얹혀 있었다. 험프티일 것이다.

그 순간, 그 모습이 사라졌다.

"엇?!"

"뭐야!?"

나와 2는 놀라 동시에 소리쳤다.

다시 한번 뚫어지게 쳐다봤지만 험프티의 모습은 어디에도 보이지 않았다. 사다리에도 아무도 없다.

그렇다는 이야기는…….

"떨어졌다."

2가 중얼거렸다.

눈에 보이는 쪽으로 떨어진 것 같지는 않다. 그렇다면 반대쪽인가?

내가 계단으로 움직였을 때, 멍하니 있던 2가 정신을 번쩍 차리고는 뿔피리를 불었다. 재버워크*의 하품 같은 소리가 일대에 울려 퍼졌다.

정적.

10초 정도가 흘렀을 무렵, 쿵쾅 쿵쾅 쿵쾅 쿵쾅 쿵쾅 쿵쾅 쿵쾅 쿵쾅 소리와 함께 땅이 흔들리기 시작했다.

---

* 루이스 캐럴의 소설 ≪거울 나라의 앨리스≫에 등장하는 괴물.

나는 도저히 서 있을 수 없어 손으로 바닥을 짚었다.

지진!?

아니다.

고원의 사방팔방에서 스페이드 대군이 몰려오고 있었다. 보병도 있고 기병도 있었다.

구조병인가. 원작과 똑같이 4,207명이지 않을까 싶을 정도의 인원이었다.

그들은 담장을 향해 쏜살같이 달려갔다.

진동이 잦아질 때 즈음, 우리도 담장으로 향했다.

♥

그러나 원작과 똑같이 이미 늦었다.

험프티는 담장 저편 땅 위에 떨어진 상태였다. 하얀 껍데기는 산산조각 나 부서졌고 흰자와 노른자 모두 퍼져 있었다. 걸쭉한 액체 속에 눈알 두 개가 둥둥 떠 있었다. 꿈쩍도 하지 않았다. 죽은 것 같았다.

대군을 지휘하는 스페이드 10이 보초를 서던 2에게 물었다.

"어떤 상황이었나?"

"갑자기 사라졌습니다."

"사라졌다고?"

"네. 제가 계속 담장을 지켜보고 있었는데, 갑자기 사라졌습니다. 사다리에도 모습은 보이지 않았으니까 내려간 것이 아니라 떨어진 것이라고 생각했습니다. 그래서 재빨리 뿔피리를 불었습니다."

"정말 계속 지켜봤나? 한눈을 팔았던 건 아니지?"

"그, 그럼요. 계속 보고 있었습니다. 믿어 주십쇼."

"2의 말은 진짜야." 내가 거들었다. "나도 함께 보고 있었는걸. 정말로 갑자기 사라졌어."

"뭐야, 당신은."

"나는 앨리스. 명탐정이야."

"명탐정이라고?"

10은 눈을 부릅뜨고 노려봤다. 나도 똑같이 노려봤다. 몇 초 뒤, 상대가 눈을 피했다. 이겼다.

10은 나 따위는 보이지 않는다는 듯 혼잣말을 시작했다.

"갑자기 사라졌다라……. 사다리에도 모습은 보이지 않았고……. 망루에서 보이지 않는 쪽은 절벽과 같은 상황……. 누군가 꾸민 일 같지는 않다. 사고구나. 어쩌다가 균형을 잃었던 거야."

자연스럽게 떨어졌어도 그 정도 거리에서는 갑자기 사라진 것처럼 보일지 모른다.

"나는 이 일을 여왕 폐하께 보고하러 가겠다. 너희들은 내가 돌아올 때까지 망루에서 대기하도록."

10은 1과 2에게 명령하고는 대군을 이끌고 철수했다. 1과 2는 탑으로 돌아갔다.

"으음, 정말 사고였을까? 10이 말한 대로 확실히 누군가가 죽이기는 힘들어 보이기는 하는데."

"신경이 쓰인다면 험프티네 집이라도 조사해볼래?"

흰토끼는 귀로 단층집을 가리켰다. 이상한 나라의 안테나가 반응한다는 것은 역시 이것이 네 번째 문제라는 이야기인가.

집 정면에 있는 현관은 잠겨 있었다. 사체 근처에 열쇠가 떨어져 있는지 찾아봐도 되지만, 다른 방법이 있을지 모른다. 일단 집 근처를 둘러보는데 뒤쪽 창문이 깨져 있었다. 유리 조각은 집 안에 흩어져 있어서 밖에서 깼다는 사실을 알아차렸다.

이거 봐, 사건 냄새가 나잖아.

깨진 창문은 잠겨 있지 않아서 그곳을 통해 안으로 들어갔다.

들어간 곳은 부엌이었다. 점심을 먹을 때 사용한 것으로 추정되는 식기가 건조대에 엎어져 있었다. 범인이 점심에 효능이 늦게 나타나는 독이나 수면제를 넣었을 수도 있다. 그래서 험프티는 의식을 잃고 담장에서 떨어진 것이다.

아니야, 말이 안 돼. 만약 그렇다고 한다면 범인은 점심 식사 전에 창문을 깨고 침입해서 식재료나 식기에 미리 약을 넣었다는 말이 된다. 그렇다면 험프티가 부엌에 왔을 때 창문이 깨져 있다는 사실을 눈치채지 못하는 것이 이상하다. 하지만 험프티는 오늘 점심에는 여유롭게 오믈렛을 먹었다고 말했다. 집 창문이 깨져 있는데 여유로울 수 있을 리 없다.

그러면 약을 넣은 곳은 저쪽인가?

나는 집 안을 둘러보며 조사했다. 그리고 정면 현관으로 들어오자마자 있는 화장실에서 선크림이라고 적힌 작은 단지를 발견했다. 뚜껑을 열자 무색투명한 크림이 들어 있었다. 냄새를 맡아 봤지만 특별히 이상한 냄새는 나지 않았다.

그러나 범인은 여기에 약을 섞었을지 모른다. 험프티는 '평소처럼 오후에 두 번, 선크림을 다시 바르려고 집에 다녀왔다'고 말했다. 선크림을 다시 바르기만 한다면 뒤쪽에 있는 부엌까지 가지 않을 테니까 깨진 창문을 발견하지 못했다고 해도 이상하지 않다. 범인은 험프티의 그러한 습관을 알고 있었겠지.

그런데 잠깐만. 험프티는 '숨구멍에서 흰자가 스며나온다'고 했지만, 반대로 그곳으로 무언가가 흡수된다는 말은 하지 않았다. 흡수되지 않는다면 어떠한 약도 영향을 미치지 못한다.

"저기 말이야, 흰토끼. 험프티는……."

나는 뒤를 돌아보며 말했다. 그러나 흰토끼는 없었다.

"어라?"

화장실을 나와 집 안을 뒤졌지만 그의 모습은 보이지 않았다.

그러고 보니 집으로 들어오고 나서부터는 보지 못한 것 같았다. 처음부터 안에 들어오지 않았던 것일까.

나는 현관으로 나와 집 주변을 한 바퀴 돌았다. 그러나 흰토끼는 어디에도 없었다.

또, 또, 단독 행동이야? 때가 되면 불쑥 나타나겠지.

그런 생각을 하는데 시야 한구석에 하얀 것이 잡혔다. 가만히 쳐다보니 흰토끼였다. 담장과 탑 사이에 나무가 몇 그루 밀집해 있어 커튼 같은 역할을 하는 곳이 있었는데, 그곳에 흰토끼가 있었다.

저런 곳에서 무얼 하고 있는 거야.

나는 그쪽으로 걸어갔다.

그러자 탑 쪽에서도 누군가 걸어왔다. 스페이드 1이었다. 땅거미가 진 탓인지 그는 나를 발견하지 못하고 나무 밀집 구역으로 들어갔다.

그리고 들어가자마자 말소리가 들렸다.

나는 수풀의 후미진 곳에서 엿듣기로 했다.

"잘 된 것 같네."

흰토끼가 말했다.

"아아, 당신이 준 '마법의 약' 덕분에 험프티 놈을 죽여 버릴 수 있었어. 고마워."

1이 말했다.

헉, 이거 설마…….

나는 너무나 동요한 나머지 수풀을 흔들고 말았다. 흰토끼는 이쪽을 향해, 비웃듯 입가를 일그러뜨렸다.

이크, 들켰구나!?

하지만 그는 아무 말 없이 그저 1을 향해 고개를 돌렸다.

1이 말했다.

"그런데 그런 약은 어디서 난 거야?"

"어이쿠, 그건 영업비밀이야."

"뭐, 됐어. 두 번 다시 그런 약을 사용할 일은 없으니까."

"목적을 달성했으니 말이지?"

"그래, 험프티가 죽어서 속이 다 시원하다고. 이제 더이상 귀찮게 보초를 서지 않아도 되니까 말이야. 귀찮을 뿐 아니라 위험하기까지 했잖아. 우리 트럼프 병사는 보다시피 팔랑팔랑한 몸인데 바람이 강한 날에 탑위에 있다가 날아갈 뻔한 적이 한두 번이 아니라고. 그런 일을 나와 2 선배에게만 떠넘기고 말이야."

"하지만 그것도 오늘로 다 끝이네."

"그래, 다시 한번 인사하지. 고마워."

"별말씀을."

1은 탑으로 돌아갔다.

나는 수풀에서 뛰어나와 흰토끼를 나무랐다.

"이봐, 이게 다 무슨 말이야!?"

"뭐야, 엿듣고 있었어?"

"헛소리 그만해. 내가 듣도록 일부러 내버려둔 주제에."

"호오, 잘 알고 있네."

"당신이 고의로 하는 말과 행동에도 점점 익숙해지고 있다고. 그래서, 무슨 생각이야?"

"무슨 생각이냐니?"

"시치미 떼지 마. 험프티를 죽인 사람은 1이잖아."

"응."

"당신은 1에게 '마법의 약'인지 뭔지를 준 거고."

"응."

"이거 완전히 공범 아니야, 이 살인 토끼!"

흰토끼는 어깨를 으쓱했다.

"이봐, 이봐, 뭘 그렇게까지 열을 내고 그래. 이건 그냥 게임일 뿐이라고. 나는 수수께끼를 만들려고 애를 썼을 뿐이야. 실제로는 아무도 죽지 않았다고."

"윽, 그렇긴 하지만……."

가상현실이 너무 리얼해서인지 아까도 그렇고 이번에도 사람이 정말로 죽었다는 생각이 들 수밖에 없었다.

나는 흥분을 가라앉히고 말했다.

"알겠어. 그래서? '마법의 약'이란 게 뭔데?"

"그게 이번에 알아내야 할 문제야. 그 약은 이쪽 세계에서는 확실히 마법일지 몰라. 하지만 네가 사는 세상,

즉 현실세계에서는 흔한 약이지. 자, '마법의 약'은 무엇인가. 이것이 네 번째 문제다."

그 문제를 들은 나는 〈앨리스〉에서 앨리스가 불렀던 험프티 덤프티에 대한 동요가 떠올랐다.

♪ 험프티 덤프티는 담장 위에 앉아 있네
♪ 험프티 덤프티가 아래로 툭 떨어졌네
♪ 왕의 모든 말도, 왕의 모든 신하도
♪ 험프티를 다시 되돌리지 못했네

가사에는 험프티의 정체가 나와 있지 않다. 그러니까 이것은 '험프티 덤프티'란 무엇인가를 맞혀보라는 수수께끼의 의미가 담긴 노래다. 특정 단어가 무엇을 가리키는지 맞혀보라는 의미인데, 네 번째 문제도 똑같다.

하지만······.

"현실세계의 약 같은 건 몰라. 청산가리 같은 거야? 그걸 선크림에 섞은 거야?"

"하나 보충 설명을 하면, 험프티의 껍데기는 약을 흡수하지 않아."

"아, 그렇구나."

그러면 선크림에 넣은 것도 아닌가? 하지만 그렇다고 하면 1은 어떻게 '마법의 약'이 험프티에게 영향을 미치도록 했지?

아, 애당초 '마법의 약'을 험프티에게 사용한 것이 아닌가? 예를 들면 투명해질 수 있는 약을 스스로 먹고 사다리를 오른다거나……. 아니야, 아니야. 현실세계에 몸이 투명해지는 약은 없어.

게다가 험프티가 사라지기 직전까지 1이 탑의 1층에 있었다는 사실을 잊으면 안 된다. 1이 사용할 수 있는 시간은 그리 많지 않았다. 험프티가 혼자서 떨어져줬으면 하는 심정이었겠지만…….

으……, 약 같은 건 모른다고…….

내가 머리카락을 쥐어뜯고 있자 흰토끼가 바보 취급하듯 말했다.

"상당히 유명한 약인데? 모른다면 교양 수준이 의심스러운데."

제길! 멋대로 떠들기는…….

교양. 확실히 지금의 내게 가장 부족한 점일지 모른다. 지식이 아니라 이론을 추구해서 그런 거라고 우겼지만 지식이 없으면 풀지 못하는 사건도 있을 테지. 이

번처럼.

지금부터 열심히 공부해서 나처럼 안정적인 직업을 가지렴. 어머니는 말했다. '안정적인 직업'에는 전혀 관심 없지만 명탐정이 되려면 공부가 필요할 수도 있다.

그때, 공부라는 단어 때문인지 불현듯 초등학교 때 과학 수업 시간이 떠올랐다.

일상생활의 ○○를 조사해봅시다. 예컨대 달걀은 재미있게도…….

"아앗, 설마 '마법의 약'이라는 게 그거야!?"

맞다, 그것을 사용한다면…… 가능하다. 험프티를 떨어뜨리는 것.

나는 착각하고 있었다.

반대였던 것이다.

수수께끼를 푼 쾌감에 휩싸여 자신 있게 소리쳤다.

"내 사전에 수수께끼란 없어!"

♥

"어떻게 하면 그런 부끄러운 대사를 매번 혼자서 진지하게 외칠 수 있는지가 신기하지만…… 뭐, 알겠어. 한 번 말해봐."

"자기 자신을 믿는다면 부끄러울 것도 없지. 자, 나는 사건 구도에 대해 한 가지 큰 착각을 했어. 내가 2와 담장을 바라보고 있을 때 갑자기 험프티가 사라졌지.

그래서 험프티가 떨어졌다고 생각해 2가 구조병을 불렀어. 담장 근처에 가보니 실제로 험프티는 산산조각이나 있었어. 아아, 역시 떨어진 거구나. 얼핏 보면 이게 당연한 흐름이지. 하지만 착각이었던 거야.

사실은 험프티가 사라졌을 때, 그는 아직 담장 위에 있었던 거지. 다만 보이지 않게 되었을 뿐. 그런 줄 몰랐던 2는 뿔피리를 불었어. 구조병이 몰려왔지. 엄청난 대군. 서 있을 수조차 없을 정도로 땅이 흔들렸어.

그래, 그 진동으로 험프티가 떨어진 거야. '떨어져서 구조병을 불렀다'가 아니라 '구조병을 불러서 떨어졌다'. 정반대였지."

"자신을 구해줘야 하는 군대가 오히려 자신을 죽이다니 모순이네."

흰토끼가 비웃었다.

"그럼 험프티가 아직 담장 위에 있는데도 보이지 않게 된 이유는 뭐지?"

"'마법의 약' 때문이야. '마법의 약' 때문에 하얀 껍데기가 붉어졌어. 그래서 노을과 뒤섞여 보이지 않게 된 거야."

오믈렛에 뿌려진 겨자를 발견하지 못했던 것과 같은 이치다.

"껍데기가 붉어졌다니? 담장 밑에 흩어져 있던 험프티의 껍데기는 하얀색이었는데?"

"떨어진 순간, 다시 하얀색으로 돌아온 거야."

"붉어졌다가 하얘졌다가……. 그렇게 편리한 약이 있다고?"

"있어. 그 이름은 바로 페놀프탈레인. 리트머스 종이, BTB 용액과 함께 pH 지시약으로 **알칼리성과 만나면 붉은색으로 변해.**

초등학교 과학 수업 시간에 일상생활의 pH를 다양하게 조사한 적이 있어. 달걀은 흥미롭게도 노른자와 흰자의 pH가 달랐어. 내가 조사했을 때, 노른자는 pH 6.5의 약산성, 흰자는 pH 9.5의 알칼리성, 두 개를 모두 섞은 통계란은 pH 8로 약알칼리성이었어. 신선한 달걀이라면 pH가 좀 더 낮아진다는 것 같은데, 중요한 건 흰자가 알칼리성이라는 사실이지.

험프티는 온몸의 숨구멍으로 땀 대신 흰자를 흘렸잖

아. 따라서 선크림에 페놀프탈레인 용액을 섞어 놓으면 험프티가 흰자를 흘렸을 때, 반응이 일어나서 껍데기가 붉게 변하지. 페놀프탈레인은 pH 9인 약알칼리성부터 색이 변하기 시작해서 pH 9대에서는 옅은 분홍색, 그러니까 딱 그때의 노을빛 하늘과 같은 색으로 변해. 그래서 배경과 동화되어 보이지 않게 된 거야. 그리고 담장에서 떨어진 후에는 노른자와 흰자가 섞여 통계란인 pH 8 상태가 되어서 페놀프탈레인에 의한 변색 효과는 사라지고 눈에 보이는 증거는 사라진 거지.

단순히 험프티를 떨어지게만 할 생각이었다면 1이 직접 뿔피리를 불면 됐겠지만, 그렇다면 의심을 받을 거라고 생각했을 거야. 그래서 2가 보초를 설 때 이 트릭을 사용해서 그가 뿔피리를 불게 한 거야. 험프티는 '선크림은 약 두 시간 간격으로 발라.', '오늘 오후에도 평소처럼 두 번 발랐어' 라고 했으니 두 번째 바를 때쯤에는 아마 우리가 험프티를 만난 17시 전후였을 거야. 이때 페놀프탈레인을 바르면 노을이 질 시간과 딱 맞지. 그래서 1은 쉬는 시간 중, 선크림을 바르는 첫 번째 시간과 두 번째 시간 사이에 탑을 빠져나와서 페놀프탈레인을 섞어놓은 거야.

그러므로 '마법의 약'의 정체는 '페놀프탈레인'이야. 어때?"

어린이용 추리게임이라고 해서 이렇게 과학 실험과 연관된 문제도 넣은 걸까.

"……칫, 정답."

흰토끼는 네 번째 하트 모양 칩을 던져줬다. 나는 그것을 회중시계 뚜껑 뒤에 끼웠다. 남은 구멍은 하나. 지금은 18시. 게임을 시작하고 나서 시간이 사 분의 일밖에 지나지 않았는데 벌써 다섯 문제 중 네 문제나 풀었다. 가뿐하게 이기겠는걸.

그때, 스페이드 10이 스페이드 병사 몇 명을 이끌고 돌아왔다. 그들은 탑으로 들어갔다.

나는 1을 고발할 마음은 없어서 그들과 마주치기 전에 이곳을 떠나려고 했다.

그때 "우리는 아무 짓도 안 했습니다!" 라는 목소리가 들렸다.

무슨 일인가 싶어 뒤를 돌아보니 1과 2가 붙잡혀 탑을 나왔다.

2도 잡힌 것을 보면 10이 진실을 안 것 같지는 않지만 적어도 사고가 아니라는 사실은 알게 된 것 같다.

그런데 10이 한 말은 예상 밖이었다.

"너희가 무슨 짓을 했는지는 문제가 아니다. 너희들이 보초를 설 때 험프티 덤프티가 죽었다. 그리고 그 사실에 여왕 폐하는 몹시 화가 나셨지. 바로 그게 문제다. 여왕 폐하는 너희 둘을 재판에 넘기기를 원하신다."

"보초를 섰던 사람은 2 선배입니다. 제가 아닙니다!"

1이 항변했다. 맞는 말 같지만 그렇지 않다. 범인은 바로 그니까. 오히려 엉뚱하게 뒤집어 쓴 사람은 2였다.

아무튼 10은 들어주지 않았다.

"연대책임이다. 끌고 가."

트럼프 병사들은 1과 2를 연행했다.

진상을 이야기해서 1은 몰라도 2만은 구하려고 달려갔지만 그들은 발 빠른 마차를 타고 달려가버렸다.

내가 어깨를 들썩이며 한숨을 푹 쉬자 뒤에서 유유히 걸어온 흰토끼가 말했다.

"1도 바보로군. 이렇게 될 걸 예상하지 못했나?"

"당신이 꼬드긴 거잖아."

"하지만 실행하는 건 본인의 의지니까. 뭐, 그건 그렇다 치고, 이걸로 나도 하트 성으로 가야만 할 상황이 됐어."

"응? 왜?"

그러고 보니 원작에서 흰토끼가 하트 왕이 연 재판의 진행자 역할을 맡은 장면이 있다. 앞으로 진행된 재판에 관여하는 걸까.

흰토끼는 나를 똑바로 바라보며 말했다.

"앨리스, 너도 하트 성으로 가자. 그곳에서 마무리 짓는 거야."

어느새 주변은 완전히 어두워져 있었다.

앨리스의 어머니와 쿡 드레이크 현재

"선생님, 여기 홍차 드세요. 뜨거우니까 조심하세요."

"아, 번거롭게 해드렸군요."

"별말씀을요. 저도 마시려던 참이었거든요."

"그러세요? 그럼 감사히 잘 마시겠습니다."

"그런데 별일이네요. 부담임 선생님이 휴일에 가정방문을 오시다니. 저, 이그리트 선생님이라고 하셨나요?"

"네, 코모란트 이그리트라고 합니다. 저희 쪽 사정으로 휴일에 찾아뵙게 되어 죄송합니다."

"아니에요. 저도 일하는 사람이라 오히려 휴일이 더 편합니다."

"그러신가요? 그런데 어떤 일을…… 이런, 본의 아니게 그만 불필요한 걸 여쭸네요. 대답하기 곤란하시면—"

"인명과 관련된 일을 합니다."

"앗, 의사 같은……."

"뭐, 의사는 아니지만요. 그보다 앨리스는 학교에서 어떤가요? 그 아이, 제멋대로니까요. 다른 아이들과 잘 지내기나 할까 걱정이 많답니다."

"염려 놓으세요. 착실하게 지낸답니다. 앨리스는 공부를 정말 잘하기도 하고요. 집에서 뭔가 특별한 교육을 하시나요?"

"아뇨, 딱히. 저도 남편도 학교 성적에 크게 연연하지 않는 사람들이라서요. 선생님 앞에서 이런 말씀 드리기도 민망하지만요."

"하하하, 괜찮습니다. 그러면 앨리스는 스스로 공부를 한다는 말씀이신가요? 아니면 공부는 전혀 하지 않는데 머리가 좋을 뿐인가요?"

"우리 아이가 그렇게 머리가 좋다고는 생각하지 않지만 둘 중 어느 쪽이냐고 한다면 후자일 거예요. 집에서는 학교 공부는 하지 않고 애 아빠에게 탐정 수업만 받거든요."

"오호, 그럼 장차 아버님의 뒤를 이을 생각인가요?"

"저는 반대하지만요."

"왜 그러시죠? 좋지 않습니까, 탐정."

"수입이 불안정하고 위험하고, 또 재능이 있어야 하죠. 그러니 앨리스는 저처럼 안정적인 직업을 갖기를 바란답니다."

"음, 제가 참견할 입장은 아니지만. 오, 호랑이도 제 말하면 온다더니. 저기 창밖에, 앨리스 아닌가요?"

"네? 어디 말인가요?"

"저기, 저쪽이요. 저 나무 그늘에."

"으음, 안 보이는데요."

"아아, 지금은 없어졌나 봐요."

"아마 또 탐정 놀이라도 하고 있겠죠."

"좋네요. 꿈을 꿀 수 있다는 건 어린이들의 특권이죠."

"선생님은 이제 어른이 되셨나요?"

"저는…… 어릴 때부터 줄곧 좋았던 꿈을 드디어 이룰 수 있을 것 같습니다."

"어머, 멋지네요."

"아닙니다."

"후훗."

"……그런데 이 홍차, 맛있네요. 살면서 마셔본 적 없는 복잡하고 오묘한 맛이에요."

"어머나, 대단하시네요. 최고급품 중 최고급품을 썼

답니다. 흔히들 '먹는 것보다 형태로 남는 것에 돈을 쓰고 싶다'고들 하잖아요. 하지만 저는 먹는 것도 형태로 남는다고 생각해요. 자신의 피와 살이라는 자신의 몸과 가장 관계 깊은 형태로요. 그러니까 저희 집에서는 입으로 들어가는 것에 가장 많은 돈을 쓰려고 한답니다. 덕분에 엥겔지수가 높아졌지 뭐예요."

"하하하, 지당한 말씀이십니다."

"하지만 오늘 대접한 홍차는 특히 맛있네요. 평소보다 더 떫은맛이 살아 있어서."

"네, 맛있습니다."

"함께 마시는 분이 좋아서 그럴지도 몰라요. 선생님, 앞으로도 종종 저희 집에 오셔서 함께 차를 마시는 건 어떠세요? 어머, 나도 참 주책이지."

"이런 농담을 다……."

"으음, 그건 그렇고 날씨가 좋아서 그런가요, 왠지 졸음이 몰려오네요."

"잠들기에는 아직 일러요."

"그렇게 말씀하셔도, 너무 졸려서."

"괜찮으세요?"

"도대체 무슨 일이죠…… 이건 마치……나……."

"……."

"……."

"……."

"……."

"……."

"벌써 잠드셨어요?"

Hurt the Heart

5

♥

앨리스가 하트 성에 도착했을 때, 트럼프 병사 세 사람이 흰 장미에 붉은 페인트를 칠하고 있었습니다. 붉은 장미로 착각해 흰 장미를 심는 바람에 장미에 붉은 페인트를 칠하고 있다고 했습니다. 하지만 운이 나쁘게도 하트 여왕이 그곳을 지나갔습니다. 페인트를 눈치챈 여왕은 몹시 화를 냈습니다.

"이놈들의 목을 쳐라!"

♠

5

♥

"자, 하트 성으로 가자."

그러더니 흰토끼는 갑자기 나를 안아 올렸다. 세 번째 문제 때와 같은 공주님 안기였다.

나는 깜짝 놀라서 그만 "꺅!" 소리를 냈다.

"이봐, 갑자기 그러지 마."

내 항의 따위는 가볍게 무시한 흰토끼는 어둠 속을 빠르게 달리기 시작했다.

솔직히 이 녀석과 닿는 것 자체가 짜증 나니까 이러지 않았으면 좋겠다.

하지만 편안하기는 편안하다는 사실에 이것 또한 짜증이 났다. 발밑으로 툭, 툭 땅을 밟는 소리가 간헐적으로 들렸지만 진동이 느껴지지는 않았다.

마치 아버지가 운전하는 리무진 뒷좌석에 앉아 창밖으로 어둠에 잠긴 밤을 바라보는 것 같은 기분이었다.

…….

"다 왔다."

흰토끼의 목소리에 잠에서 깼다. 그만 깜빡하고 졸았던 모양이다.

어둠 속에 현란한 붉은 빛 하트가 떠 있는 모습이 눈앞에 펼쳐졌다.

"이게 뭐야?"

"무려 하트 성이야."

"성!? 이게!?"

"확실히 하트 모양이지?"

"아아, 하트 성이라는 게 그러니까 이런……."

나는 첨탑 위 지붕만 하트 모양 같은, 이보다는 조금 더 얌전한 외관을 상상했는데.

흰토끼의 품에서 벗어나 성을 관찰하기 시작했다.

가장 궁금한 점은 하트 모양 건물이 어떻게 세워졌느냐다. 아랫부분을 보니 하트의 아래 뾰족한 부분이 땅에 박혀 있었다. 버팀목 같은 것은 달리 없었다.

"아니, 이거 금방이라도 쓰러질 것 같은데."

"쯧쯧, 감성이 메마른 소녀로군."

지극히 당연한 지적을 했을 뿐인데 마치 내가 잘못했

다는 듯한 말투였다.

"흥, 쓰러진 성에 깔려 죽어라."

나는 성 주변을 한 바퀴 둘러보기로 했다.

성이 서 있는—꽂혀 있는— 곳은 풀이 듬성듬성 자란 평지로, 하트 표면에는 붉은 조명이 수없이 박혀 있었다. 또한 그 조명이 비추는 범위 안에는 아무것도 없었다. 하트 여왕은 아마도 권력을 과시하는 유형일 테니까, 자신의 상징인 하트를 밤낮으로 백성들에게 보여주고 싶을 것이다. 그러니 멀리서도 한눈에 보이도록 주변에 아무것도 없는 평지에 성을 세웠을지도 모른다.

그렇다고 해도 앞과 뒤 정면에서 봤을 때나 하트 모양으로 보일 뿐이다. 옆에서 보면 직사각형으로밖에 보이지 않았다. 어느 방향에서 보든 하트 모양으로 보이는 입체감은 3차원에서는 실현할 수 없구나 하고 깨달았다.

하트의 가로 폭과 직사각형의 가로 폭, 즉 하트의 두께로 따지면 전자가 훨씬 넓다. 하트 모양으로 보이는 쪽을 정면이라고 하면 좌우로는 넓고 앞뒤로는 깊지 않은 건물이었다.

밑동에는 입구가 없다. 그 대신 하트를 휘감는 덩굴

같은 나선형 계단이 있었다.

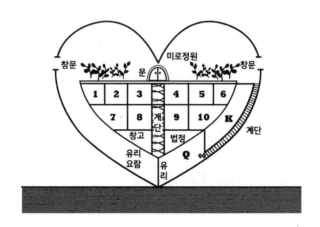

고개를 들어 천천히 위를 올려다보니 하트 꼭대기 부근에 외벽을 한 바퀴 돌아 만든 회랑이 있는데, 나선형 계단은 그곳으로 연결되어 있는 것 같았다. 입구는 아무래도 위에 있는 것 같았다. 이 점도 특이하다.

하트의 높이는 우리집 근처에 있는 6층짜리 맨션과 같아 보였다. 곳곳에 있는 창문의 배치로 층수를 짐작할 수 있었다.

한 바퀴 둘러본 나는 흰토끼에게 말했다.

"스페이드 1과 2를 끌고 간 10 일행과 마차가 보이지 않는데 아직 안 도착했나?"

"아까 마차로 돌아오던 10 일행을 스치듯 지나쳐왔는데. 1과 2를 근위병에게 넘긴 뒤 복귀했겠지."

"근위병?"

"이 성에 상주하는, 하트 킹과 퀸을 지키는 엘리트들이야. 트럼프 병사들 중에서 하트 모양을 하사받은 병사들은 그들뿐이지. 하트는 1부터 10까지 열 명이 있어. 아, 지금 2는 결번이니까 아홉 명이구나."

"결번이라니?"

"뭐, 그건 나중에 차차 알게 될 거야."

"흥, 주특기인 비밀주의 발동이야? 그런데 킹(K)과 퀸(Q)을 지킨다니, 그럼 잭(J)은 없는 거야?"

"왕자가 태어나지 않아서 여왕이 곤란한 상황이라는 이야기, 지금까지 엄청나게 나왔잖아. 벌써 잊은 거야? 토끼 귀를 달고 있으면서 머리는 새 같네."

"그 이야기는 기억하고 있어. 왕자 말고 잭에 해당하는 인물이 없느냐고 물은 거야."

"없어. 보통 성 안에 있는 사람은 하트 왕, 여왕, 1, 3, 4, 5, 6, 7, 8, 9, 10 이렇게 열한 명뿐이야. 지금은 거기에 더해 체포된 스페이드 1과 2가 있지만 말이야."

"아무리 모양이 다르다고 해도 같은 성 안에 1이 둘이나 있으니까 헛갈리네. 체포된 두 사람은 앞으로 ①과 ②라고 부르자."

"나는 상관없어…… 머리가 나쁘면 몸이 고생하는 법이지."

"하나하나 잔말이 많네. 그래서 당신, 성에서 마무리 짓자고 했는데 어떻게 할 생각이야? 험프티 덤프티를 죽인 ①은 차치하고, 사건에 말려들어 함께 체포된 ②는 구해주고 싶은데."

"어쨌든 성 안으로 들어가야 해. ①과 ②는 지금쯤 막 성 안에 있는 법정으로 끌려갔을 거야. 그리고 내가 말한 '마무리'는 당연히 다섯 번째 문제 쪽이야. 다섯 번째 문제는…… 술래잡기다."

"술래잡기이!?"

자신도 모르게 그만 얼빠진 소리를 외치고 말았다.

"그래, 남은 시간 안에 나를 터치하고 '잡았다'고 말하면 너의 승리. 그 전에 시간이 다 되면 너의 패배다."

"잠깐만, 이제 와서 새삼스럽게 체력 승부야? 분명히 말해서 당신의 신체능력은 못 이길 것 같은데. 내가 너무 불리한 게임이잖아."

"괜찮아. 이 술래잡기에서 시험하려고 하는 건 다리가 얼마나 빠르냐가 아니라 두뇌 회전이 얼마나 빠르냐니까."

"그게 무슨 소리야?"

"그걸 알아낸다면 네가 이길 거야. 그럼, 준비 시작!"

신호와 동시에 흰토끼는 토끼가 도망가듯 쏜살같이—아니, 도망가는 토끼 그 자체인가— 나선형 계단을 뛰어올라 갔다.

"아, 기다려!"

나도 뒤를 쫓았다.

흰토끼의 다릿심은 역시 대단해서 내가 나선형 계단을 한 바퀴 돌았을 때 이미 두 번째 바퀴를 뛰어오르는 발소리가 들렸다.

그러다가 어느새 발소리조차 들리지 않았다.

이래서 술래잡기는 싫었는데! 나는 두뇌파 탐정이니까. 이러면 머리 회전이고 뭐고 쓸모없잖아. 도대체 어떻게 하라는 말이야.

♥

숨 쉴 틈도 없이 나선형 계단을 오르니 지붕과 난간이

있는 회랑에 도착했다.

눈앞에는 양옆으로 활짝 열리는 멋들어진 문이 있었다. 하트 윗부분 한가운데 움푹 들어간 부분, 그 아래 외벽에 달린 문이었다. 성의 입구일 것이다.

양쪽으로 펼쳐진 복도를 돌면 성의 뒷면으로 돌아 들어갈 수 있을 것 같았다.

흰토끼 녀석은 어느 쪽으로 도망쳤을까.

내가 성으로 들어간 순간에 하트 뒷면으로 튀어나와 나선형 계단을 내려가버리겠지. 당연하게도 아무리 성 내부를 뒤져도 찾을 수 없을 것이다. 그래, 그 녀석이라면 그러고도 남을 것이다. 그런 치사한 수를 써 놓고는 우쭐한 얼굴로 "이게 바로 두뇌 회전의 차이지" 같은 소리나 할 것 같다.

그렇게 생각하고는 우선 회랑부터 살펴보기로 했다.

나는 복도의 오른쪽으로 가는 척을 하다가 왼쪽으로 빠르게 달렸다. 하트 뒷면으로 돌아간 순간 흰토끼가 반대쪽으로 도망갈지도 모르니 속임수로 견제한 것이다.

그리고 하트의 왼쪽 옆을 돌았다.

정면에 비해 폭이 좁은 측면에는 창문이 하나만 있었다. 회랑은 천장에 붉은 조명이 켜져 있어서 밝았지만 창문 안쪽은 어두워서 잘 보이지 않았다.

이 창문을 넘어 성 내부로 들어갈 수도 있겠네.

만약을 위해 일단 정면으로 돌아와 회랑 반대편이나 문에서 흰토끼가 나오지 않았는지 확인한 다음 창문을 들여다보았다.

회랑의 조명이 성 안의 벽을 붉게 비추고 있었다.

그리고 바닥을 내려다본 순간 등골이 서늘해지는 기분이 들었다.

바닥이 없다!

천장이 높은 통층 같은 공간이었다.

여기로 들어가는 것은 불가능하다. 흰토끼의 신체 능력이라면 모르겠지만……

아니야, 흰토끼라고 해도 여기로 들어갔을 리는 없다.

자세히 보니 붙박이창이었기 때문이다. 천장이 높은 건물의 중간에 있는 창문으로 밖을 보기 위한 용도가 아니라 채광을 위한 용도였던 것이다.

이 창문은 아무 관계가 없다. 나는 회랑을 계속 걸었다.

하트 뒷면으로 이어지는 모퉁이를 돌려고 하는데 벽 너머로 남자들의 대화 소리가 들렸다.

설마 흰토끼!?

모퉁이에서 얼굴을 슬쩍 내밀어 봤다.

아니다, 트럼프 병사 두 명이었다.

하트 3과 9. 흰토끼가 말했던 근위병이다.

엘리트라고 해도 새겨진 모양이 붉은 하트인 점만 빼면 지금까지 본 트럼프 병사와 생김새가 별반 다르지 않았다. 두 병사 모두 클로버 병사와 스페이드 병사와 완전히 똑같은 얼굴이었고, 흰색 바탕에 일반적인 배열로 모양이 새겨져 있었다. 그리고 모서리의 금장식에 달린 팔다리 때문에 왼쪽 상단과 오른쪽 하단에 숫자가 적혀 있지 않았다.

조금 전부터 이야기하고 있는 병사는 9였다.

"나 때는 말이야, 폐하를 진정으로 위하는 일이 무엇일까 늘 생각했지. 그게 설령 폐하의 명을 거역하는 일일지라도 내가 진짜 해야 하는 일이라고 믿는 건 전부 했다고. 그게 진정한 충성심이 아닐까."

9는 젊었던 옛 시절을 그리워하는 눈빛이었는데, 3을 보고 있지는 않았다.

3은 초조한 듯 말했다.

"옛날이야기나 하려고 나를 불러낸 겁니까?"

"뭘 그리 급하게 굴어. 불러낸 이유는 그대에게 묻고 싶은 게 있기 때문이다."

"묻고 싶은 거라니요?"

"음. 단도직입으로 묻겠네. 그대는 지금 여왕에 대해 어떻게 생각하나?"

"……아무런 생각도 없습니다. 저는 그저 제 일을 할 뿐입니다."

"이봐. 2는 조례 시간에 재채기를 했을 뿐인데 목이 잘려 죽었다고."

2는 그래서 결번이 되었구나. 역시 여왕은 지독한 사람이었어!

9는 계속해서 여왕의 악행을 나열했다.

"4는 코를 훌쩍였다고 가슴을 베여 평생 지울 수 없는 상처가 생겼지. 방금 막 끌려온 스페이드 둘도 그래. 험프티 덤프티가 사고로 죽었을 때 우연히 보초를 서고 있었다는 이유로 재판을 받게 됐다니 너무한 이야기야. 그래도 그대는 아무런 생각이 없나? 그게 자네의 충심인가?"

"제게 시키고 싶은 게 있으시면 좀 더 확실하게 말씀하시는 게 어떻겠습니까?"

3의 목소리가 조금 떨렸다.

"뭐라고?"

"그러니까 핵심은 저보고 총알받이가 되라는 말이죠? 본인은 손을 더럽히지 않고 평화만 얻고 싶으니까요. 하지만 실패했을 때 '9가 부추겼다'는 증언이 나오면 안 되니까 이렇게 돌려 말하는 거 아닙니까."

"나는 그런 게……."

"9 씨가 아무리 '명령'한다고 해도 이번만큼은 따를 수 없습니다. 설사 성공한다고 해도 지금의 폐하가 정신을 차릴 거라고 생각하지 않으니까요. 제가 범인이라는 사실을 알면 저는 죽는 것보다 더 끔찍한 일을 당할 겁니다. 지뢰밭을 걸을 수는 없지요. 본인의 생각은 스스로 실행하도록 하세요."

3은 단칼에 잘라 말하며 내가 숨어 있는 곳과 반대 방향으로 걸어갔다.

3이 모퉁이 너머로 사라지자 9는 난간을 힘껏 걷어찼다. 허리에 찬 칼이 철커덩 소리를 내며 울렸다.

"제길! 애송이 주제에 잘난 척은! 트럼프 병사의 서열은 절대적이다. 내 숫자가 세 배나 더 높으니 내 말을 듣는 게 당연하지. '자신보다 숫자가 높은 병사에게는 존댓말을 한다'는 트럼프 병사의 절대 규칙까지 어겼다면 그 자리에서 베어버렸을 텐데!"

9는 심한 욕을 퍼부으며 내가 있는 곳과 반대 방향으로 쿵쾅쿵쾅 사라졌다.

방금 상황을 보면 두 사람은 전부터 이곳에 있었고 그 사이에는 아무도 오지 않았다는 생각이 들었다. 흰토끼는 하트 뒷면으로 오지 않았을 것이다. 그러면 역시 정면에 있는 문으로 들어갔을까.

나는 회랑을 빙 둘러 돌아가기로 했다.

뒤쪽에도 창문이 몇 개 있어서 슬쩍 들여다봤다. 모든 창문에서 실내 정원 같은 곳이 보였지만 흰토끼의 모습은 보이지 않았다.

하트 오른쪽 면에도 창문이 하나 있었다. 창문 너머는 왼쪽과 다르게 나선형 계단이 있었다. 그곳에도 흰토끼는 없었다.

마지막 모퉁이를 돌아 정면으로 돌아왔을 때, 무언가가 쏴아 쏟아지며 지붕에 타다닥 부딪히는 소리가 들렸다. 소리는 점점 격해졌다. 귀에 익은 소리였다.

……비?

난간 위 어둠 속으로 손을 뻗어 보니 무수히 많은 차

가운 바늘이 손에 꽂혔다.

역시 비다.

동화 나라에도 비가 오는구나. 기이한 기분이 들었다.

회랑에는 지붕이 있어서 젖지 않았지만 빗줄기는 상당히 거셌다. 급기야는 천둥까지 치기 시작했다. 점점 최종 스테이지로 향하는 기분이 들었다.

나는 천둥소리를 배경 삼아 처음 보았던 문 앞에 섰다.

드디어 다섯 번째 문제. 지금까지의 게임 내용과 흰토끼의 성격으로 추측컨대 성 안에는 함정이 가득할 것이다. 하지만 이 술래잡기에서 흰토끼를 잡으면 내가 이긴다. 명탐정 '앨리스 더 원더 킬러'의 역사에 또 하나의 승리를 새겨 넣게 될 것이다.

흰토끼를 반드시 잡을 것이다!

그다음에는 억울하게 체포된 ②를 구해줘야지.

결의를 다지며 육중한 문을 열었다.

그 순간, 등 뒤의 어둠이 하얗게 빛났다.

♥

"우와……."

무심코 목소리가 튀어나왔다.

뒷면에 있는 창문으로 안을 들여다봤을 때는 평범한 실내 정원처럼 보였다.

그러나 실제로 안으로 들어와서 보니 훨씬 더 어울리는 표현이 있다는 사실을 깨달았다.

미로.

그래, 미로다.

어른이 까치발을 해도 닿지 않을 정도로 높이 심은 나무벽이 이곳저곳 사방팔방으로 둘러쳐져 복잡하게 얽혀 마치 미로와 같았다.

조명은 외벽의 짙은 붉은색과 달리 부드럽고 따뜻한 색감이었다.

천장을 올려다보니 문 끝부분이 가장 낮았다. 하트의 움푹 파인 부분일 것이다. 그 부분을 중심으로 좌우로 천장이 점점 높아졌다. 하트 뒷면에 있는 어느 창문에서나 정원수가 보였던 것을 생각해보면 이곳 전체가 미로로 꾸며져 있을지도 모른다. 어마어마한 규모다. 침입자에 대비하기 위해서일까.

그야말로 술래잡기보다는 숨바꼭질 같았다.

나는 흰토끼의 기척을 놓치지 않으려고 귀를 쫑긋하며 걸었다. 청력이라면 흰토끼가 더 뛰어나겠지만.

미로의 왼쪽 방향으로 걷자 남자의 대화 소리가 빗소리와 천둥소리에 뒤섞여 또다시 들려왔다.

이번에야말로 흰토끼……가 아니었다.

"빨리빨리, 서둘러. 여왕 폐하가 재판에 참석하시는 사이에 모두 발라야 해!"

하트 1, 4, 7이 흰 장미 덩굴에 붉은 페인트를 칠하고 있었다.

그들에게 "지금 뭐 해?" 같은 촌스러운 질문은 물론 하지 않았다. 분명 붉은 장미를 심어야 할 곳에 흰 장미를 심는 바람에 여왕에게 들키기 전에 붉은 페인트칠을 하려는 것이겠지. 앨리스의 팬이 아니라도 알 법한 매우 유명한 이야기다.

나는 대신 이렇게 물었다.

"저기, 있잖아. 성 안에서 흰토끼 못 봤어?"

세 사람은 일제히 뒤를 돌아봤다.

"우왓, 여왕 폐하! 목숨만은 살려……."

4는 쭈그리고 앉아 머리를 감싸더니 덜덜 떨기 시작했다. 가슴을 베이는 바람에 심각한 여왕 공포증이 생긴 것 같았다.

그런 4에게 7이 말했다.

"진정해, 이 녀석은 여왕 폐하가 아니야."

"응?"

4는 나를 올려다보더니 흉터가 남은 가슴을 쓸어내렸다.

"아……, 깜짝 놀랐잖아. 여왕 폐하인 줄 알고. 좀 닮은 것 같은데."

"나와 여왕이 닮았다고?"

"확실히 닮은 것도 같아."

7이 말했다.

"하지만 여왕 폐하 본인이 아니니까 널 상대할 시간 따위 없어. 훠이, 저리 가 저리 가."

7은 휘휘 나를 쫓아내려고 했다. 나는 화가 불뚝 솟았다.

"그게 무슨 태도야."

"침입자일지도 몰라요. 안 잡아도 되실까요?"

1이 다소 이상한 존댓말로 말했다.

큰일 났다. 나는 도망가려고 했지만 7은 내게 눈길도 주지 않고 다시 페인트칠을 시작했다.

"흰토끼라고 했으니까, 대충 흰토끼 씨의 일행이겠지."

"아아, 그렇다면 일단 안심입니다."

1도 그렇게 말했다.

"잠깐. 당신들, 흰토끼를 알아?"

트럼프 병사 세 사람은 서로의 얼굴을 마주 봤다.

"귀찮아, 네가 설명해."

7이 무턱대고 명령했는데도 4는 순순히 "네"라고 대답했다.

4는 붓을 움직이며 설명했다.

"흰토끼 씨는 재판 진행자야. 우리 근위병처럼 성에 상주하지 않고 재판이 있을 때만 와서 일을 하지."

그렇구나. 그래서 흰토끼 녀석, ①과 ②가 재판에 회부될 것이라는 이야기를 듣고 성으로 가야겠다는 말을 꺼낸 것이다. 원작에서도 그런 역할이었지.

"아, 하지만 이 이야기를 떠벌리고 다니면 안 돼. 재판 진행은 극비 임무거든. 어떤 원한을 살지 모르니까 말이야."

지금까지 범인이 술술 자백한 것은 흰토끼가 사법관계자라는 사실을 몰랐기 때문이겠지.

흰토끼도 도리어 범인들을 눈감아주거나, 네 번째 문제에서는 범행에 실컷 가담했다. 법의 수호자라는 자각이 없는 것 같다. 뭐, 이 세계의 위에서 군림하는 게임마스터니까 어쩔 수 없나.

생각에 잠겨 있는데 4가 말을 이었다.

"오늘도 재판이 열릴 예정이라 아까 성에 왔어. 법정에 가면 만날 수 있지 않을까?"

그렇다면 법정에 가면 흰토끼를 잡고 억울한 ②도 구해줄 수 있다는 말이다. 일석이조네.

"법정에는 어떻게 가?"

"으음, 말로 설명하기 어려워서. 어이, 네가 안내해줘."

이번에는 4가 1에게 명령했고, 1도 순순히 "알겠습니다"라고 대답했다.

그런데 그때, 성이 난 7의 목소리가 튀어나왔다.

"바보 자식, 지금은 장미를 칠하는 게 급선무다!"

"죄송합니다."

1은 고개를 깊이 숙였다.

"4, 네 놈은 무슨 생각을 하는 거냐. 우선순위라는 걸 모르나?"

"죄송합니다, 생각이 짧았습니다."

아무래도 서열이 7, 4, 1 순인 것 같다. 9가 말한 대로 트럼프 병사의 서열은 절대적이고 '자신보다 숫자가 높은 병사에게는 존댓말을 한다'는 규칙도 지키는 것 같다.

그런데 1의 존댓말은 조금 이상한데.

7의 묵직한 한마디로 나를 안내하려는 움직임은 사라져버렸다.

"결국 스스로 찾아야 하는 거야?"

입을 삐죽거렸다.

"미안."

"힌트라도 줘. 이 미로는 너무 복잡하잖아."

"힌트라니……."

4는 허락을 구하듯 7의 눈치를 살폈다. 7은 무뚝뚝한 얼굴로 말했다.

"빨리 설명하고 빨리 치워버려."

뭐야, 그 말투.

그래도 허가가 떨어졌다.

4는 등을 돌린 채 설명했다.

"하나 말해주자면, 법정으로 내려가는 계단은 문으로 들어가서 직선상에 있어. 천장이 가장 낮은 라인에 말이야. 물론 문에서 바로 쭉 갈 수 있는 건 아니고 크게 빙글 돌아가야 하긴 하지만."

문으로 들어가서 직선상…….

대략적인 위치만 알고 있어도 큰 도움이 된다.

"좋은 힌트잖아. 고마워."

인사를 건네고 앞으로 걸어가려고 했다.

그때 오른쪽에서 히스테릭한 여자 목소리가 들렸다.

"내 사랑스러운 험프티 덤프티를 죽게 놔두었다니 용서할 수 없다! 둘 다 사형시켜!"

"여왕 폐하다!"

4가 붓을 떨어뜨렸다.

"좋아, 다 칠했어! 빨리 페인트 숨겨!"

7이 명령했다.

"아, 알겠습니다!"

1이 세 사람의 붓을 페인트 통에 넣어 장미 덤불 속으로 집어넣었다.

간발의 차이로 나무벽 그늘 사이로 트럼프 인간 두 명이 나타났다.

두 사람 모두 트럼프 병사들과 똑같이 팔랑팔랑한 트럼프에 인간의 머리와 팔다리가 달려 있었다.

한 사람은 하트 킹이 그려진 트럼프 몸 위에 흰 수염을 기른 할아버지 얼굴이 있었다. 킹의 일러스트는 일반적인 트럼프처럼 머리가 위아래로 그려진 그림이었다.

다른 한 사람은 역시 평범한 하트 퀸이 그려진 트럼프. 그 위에 있는 얼굴은······.

그 순간, 창문 밖에서 천둥과 번개가 거의 동시에 날아들었다. 마치 바로 옆에 벼락이 내리꽂힌 것 같았다.

나는 눈을 의심했다.

퀸 트럼프 몸 위에 있는 얼굴은 어머니······ 그러니까 내 어머니의 얼굴이었다.

그래서 트럼프 병사가 나보고 여왕을 닮았다고 말한 거구나.

그런데.

왜.

이 게임에 어머니가?

왕의 얼굴도 아버지와 똑같았다면 이해가 간다. 이 게임은 내 생일선물이니까 깜짝 출연이겠지. 하지만 왕은 모르는 할아버지 얼굴이다. 어째서 여왕만 어머니와 똑같이 생겼을까?

왜 수수께끼 게임에 출연한 사람이 명탐정인 아버지가 아니라 하필 내가 명탐정이 되려는 것을 반대하는 어머니일까?

현실이 게임을 잠식해간다······.

천둥! 번개!

내 뒤에서 7의 목소리가 들렸다.

"헤헤헤, 여왕 폐하……. 법정에 가신 줄 알았습니다."

"지금 가려던 참이다. 가는 김에 장미 좀 보려고 왔지. 여기에는 제대로 붉은 장미를 심었겠지?"

어머니의 얼굴이 어머니의 목소리로 말했다. 어째서인지 말투도 어머니가 고용인들에게 사용하는 말투와 비슷한 것 같다.

"그야 물론 확실히…… 그치?"

7은 동료에게 대답을 떠넘겼다.

"네, 확실합니다."

1이 대답했다. 4는 자신을 베었던 장본인을 앞에 두고 겁에 질려 입이 붙어버린 것 같았다. 그 모습을 들키지 않도록 1이 거듭 말했다.

"이 세상에 이렇게 붉은 장미는 존재하지 않고말고요."

그러나 여왕의 눈을 속일 수는 없었다. 바로 어머니의 눈이었기 때문이다. 어머니의 눈썰미는 내가 잘 안다.

여왕은 붉게 칠해진 장미 꽃잎을 슥 쓸었다. 그 손가락에 붉은 페인트가 묻어났다.

공기가 얼어붙었다.

이윽고 여왕이 입을 열었다.

"이게 도대체 뭐지?"

"그건, 저······."

7은 갑자기 나를 손가락으로 가리켰다.

"전부 이 꼬맹이가 한 짓입니다! 창고에서 페인트를 훔쳐 와 장미를 못 쓰게 만든 것 같은데······. 그리고 애당초 불법침입자입니다!"

뭐라고? 내가 어쨌다고?

나는 반박하려고 했다. 하지만 여왕이 지그시 노려보자─평소에 어머니가 내게 화를 낼 때 짓는 표정이다─입이 떨어지지 않았다.

그러자 여왕의 표정이 점점 부드러워졌다.

그러더니 갑자기 기이한 목소리를 냈다.

"어머머머머머머머."

응?

"이 귀여운 아이는 누구지?"

귀엽다고?

"실은 흰토끼 씨와 아는 사이 같습니다."

상황이 변했다고 판단했는지 7이 직전에 한 말과 모

순된 설명을 늘어놓았다. 그러나 여왕은 개의치 않는 것 같았다.

"어머나, 그래? 너, 이름과 나이가 어떻게 되지?"

나는 어안이 벙벙해서 그만 자신도 모르게 대답하고 말았다.

"앨리스, 열 살."

"열 살. 그러면 버림으로 계산하면 0세나 마찬가지구나. 아이 모집 법을 적용할 수 있겠어."

아이 모집 법. 아이를 낳지 못하는 여왕을 위해 백성들이 낳은 아이를 바쳐야만 하는 악법이다.

"그런 식으로 버림 계산을 하다니 말도 안 돼. 그러면 마흔 살도 신생아라는 말이야?"

여왕은 내 지적을 무시하고 왕을 바라봤다.

"폐하. 이 아이를 양자로 들이고 싶은데요."

"양자든 뭐든 좋소. 당신이 원하는 대로 하시구려."

"잘됐구나!"

여왕은 두 손을 모았다.

내가 여왕의 양자가 된다고?

어머니의 얼굴을 한 여왕의?

뭔가 이상해.

"페인트 건은 이번에는 용서해주마. 하지만 장난은 더 이상 안 돼."

여왕은 말 그대로 내 어머니의 얼굴을 하고 말했다.

"그러니까 그건 내가 한 짓이 아니라니까……."

"잘됐잖아, 여왕 폐하도 용서해주신다고 하고!"

반쯤 외치다시피 말한 7의 눈빛이 간절했다. 지금까지 여왕에 대한 소문으로 추측해 보건대 장미를 잘못 심은 사실이 발각되면 사형을 당할지도 모른다. 어쩔 수 없지. 이번에는 내가 자존심을 버리고 죄를 뒤집어쓰는 수밖에.

"나한테 빚진 거야."

내가 소곤거렸다. 트럼프 병사 셋은 절하듯 인사했다.

그런 그들에게 여왕이 말했다.

"자, 결정됐으니 이 아이를 유리 요람에 데리고 가거라."

"유리 요람? 나는 아기가 아니니까 그런 곳엔 가지 않을 거야. 무엇보다 난 양자가 되고 싶은 마음도 없다고. 나는 부모님이 있어."

"으음, 그럼 내친김에 그것도 법정에서 결정하도록 하지."

"법정에서…… 라니 내가 싫다는데!"

여왕은 내 항의를 완전히 무시하고 트럼프 병사들에게 명령했다.

"이 아이를 잡아와라."

"넵!"

7이 포승줄을 꺼냈다.

아무리 목적지인 법정으로 갈 수 있다고 해도 몸을 움직일 수 없다면 의미가 없다. 1이 저항하려는 나를 잡아누르고 7이 포승줄로 묶었다.

저 멀리서 천둥이 으르렁거렸다.

♥

나, 여왕, 왕, 1, 4, 7은 나무벽으로 만들어진 미로를 걸었다. 나중에 도움이 될지도 모르니 필사적으로 길을 외웠다. 기억용량에 한계가 다가올 무렵, 정원수에 둘러싸인, 아래로 내려가는 계단이 나타났다. 4가 말한 대로 천장이 가장 낮은 곳에 있었다.

한 층 높이를 내려가니 복도가 나왔다. 계단 양쪽에는 문이 세 개씩, 전부 여섯 개 늘어서 있었다. 문에는 왼쪽부터 순서대로 1, 2, 3, 4, 5, 6이라고 번호가 매겨져 있었다.

그 복도로 들어서지 않고 계속 계단을 내려갔다.

다시 한 층 더 내려가니 아까보다 조금 짧은 복도가 나왔다. 양쪽에 문이 두 개씩 있었다. 문의 번호는 7, 8, 9, 10. 그래, 번호가 매겨진 방은 분명 트럼프 병사 개개인의 방일 것이다.

그 복도도 지나쳐서 한 층 더 내려갔고 계단은 그곳에서 끝났다.

이 층 복도는 더 짧았고 문도 양쪽에 하나씩만 있었다. 아래로 내려갈수록 하트 폭이 좁아져서 그런 것 같다.

왼쪽 문에는 창고, 오른쪽 문에는 법정이라고 적혀 있었다.

우리는 법정이라고 적힌 문을 열었다.

TV 드라마에서 본 흔한 법정이었는데, 안으로 들어간 순간 내 시선은 오로지 한곳을 향했다.

정면에는 재판장이 앉는 기다란 책상이 있었다. 그리고 그 옆 보조 책상에 앉아 있는 인물.

흰토끼.

나를 본 그의 입매가 조금 일그러졌다.

"찾았다!"

나는 무의식중에 흰토끼를 향해 돌진—하려고 했지만 포승줄에 묶여 있다는 사실을 잊고 있었다.

포승줄이 팽팽하게 당겨져 배를 바짝 죄었다. 흰토끼에게 달려들려던 나는 끈에 묶여 저지당한 강아지 꼴이 되었다.

"이봐, 날뛰지 마!"

포승줄을 쥔 7이 화를 내며 소리쳤다. 나는 힘껏 저항했다.

"저 녀석과 술래잡기를 하고 있다고. 방해하지 마!"

"당신, 이 아이와 아는 사이인가?"

여왕이 흰토끼에게 물었다.

"네. 유감스럽게도."

흰토끼는 새침한 얼굴로 대답했다. '유감스럽게도'라니 도대체 뭐가? 그건 내가 하고 싶은 말이라고.

"이 아이를 양자로 들이고 싶은데."

"그러면 이따가 평결하도록 하죠."

흰토끼의 밉살스러운 얼굴을 보고 있으니, 어머니의 얼굴을 한 여왕 때문에 억눌렸던 저항심이 다시 불타오르기 시작했다.

여왕의 얼굴도 내 페이스를 어지럽히려는 흰토끼의 작

전일지 모른다. 그렇다면 이에 동요하는 것은 녀석이 바라마지않는 일일 테다. 진정하자. 그리고 빈틈을 찾자.

"얌전히 앉아 있으렴."

여왕은 아이를 타이르는 말투로 말했다. 나는 당장이라도 흰토끼에게 달려들고 싶었지만 7이 포승줄을 단단히 잡고 있는 탓에 일단 지금은 얌전히 있을 수밖에 없었다. 1, 4, 7과 함께 뒤쪽에 있는 방청석에 앉았다.

피고인석에는 스페이드 ①과 ②가 수갑을 차고 포승줄에 묶인 상태로 앉아 있었다. 그 옆에 서서 포승줄을 잡고 있는 사람은 하트 5와 10이었다.

그 밖의 재판 참가자는 비와 천둥소리뿐.

여왕과 왕이 정면의 긴 책상에 앉자 재판이 시작됐다.

흰토끼가 서류를 넘기며 말했다.

"음……, 오늘은 심리가 두 개이므로 빠르게 진행하겠습니다. 우선 첫 번째 심리. 험프티 덤프티를 잘 지켜보라고 여왕 폐하께서 명령하셨는데도 사고로 죽게 만든 스페이드 ①과 ②의 사건."

"용서할 수 없다. 사형."

여왕은 무자비하게 선고했다.

"그럼 두 사람은 사형하는 것으로……."

흰토끼가 판결을 정리하려고 했다. ②와 ①은 필사적으로 항변했다.

"잠깐만요, 저희는 그저 험프티가 떨어졌을 때 뿔피리를 불라는 명령을 받았을 뿐······."

"맞습니다. 게다가 그때 저는 휴식 시간이었고······."

"더 들을 것도 없다!"

여왕이 의사봉으로 책상을 두드렸다. 두 병사의 말은 깨끗이 무시됐다.

"험프티가 죽어서 내가 얼마나 슬픈지 모르느냐. 그건 출산의 상징, 어린아이의 상징, 미래의 상징이었다. 그걸 무참히 깨뜨리다니. 너희들은 내 아이를 죽인 셈이다."

그녀는 쓰러져 흑흑 울었다. 왕이 여왕의 어깨에 손을 얹으며 위로했다.

"비, 그리 슬퍼하지 마오."

"하지만 제가 아이를 낳지 못해서 당신이 곤란하잖아요······."

"곤란이라니, 무슨 그런 말을 하시오. 괜찮소, 아이는 앞으로 새 양자를 들이면 되지 않소."

"그래요······. 맞아요."

여왕은 우느라 새빨개진 눈을 하고 고개를 끄덕였다.

나는 양자 따위가 될 생각은 추호도 없다고.

살랑거리는 목소리로 달래던 왕은 다시 정면을 바라보며 크게 고함을 쳤다.

"뭣들 하는 게냐! 당장 저 둘의 목을 베지 않고!"

"넷!"

피고인석 옆에 서 있던 5와 10이 검을 빼들었다.

"잠깐!"

내가 끼어들었다. 왕이 눈썹을 추켜올렸다.

"뭐야, 무슨 일이냐."

"아까부터 보고 있자니 뭐야 그게. 주먹구구식 재판이잖아. 게다가 나는 험프티 살인사건의 진상을 알고 있거든. 자, 잠자코 잘 들어봐."

나는 ①이 흰토끼에게 받은 마법의 약으로 험프티를 죽인 트릭을 설명했다.

"나는 명탐정 수수께끼를 죽이는 앨리스! 내 사전에 수수께끼란 없어!"

그런데 성 사람들은 모두 멍한 표정을 지었다.

왕이 말했다.

"내게는 온통 수수께끼뿐인 이야기로군. 그 뭔가,

페…… 페…… 인가 뭔가 하는 약은. 그런 건 들어본 적도 없다."

"그러니까 그건 흰토끼가 현실세계에서 가져온……."

"현실세계? 도대체 무슨 소리를 하는 게냐. 도저히 못 알아듣겠군."

그렇게 말하는 왕 옆에서 흰토끼가 쿡 웃었다.

이런, 흰토끼는 이 점을 노리고 네 번째 문제의 트릭으로 현실세계의 약품을 사용했구나.

왕이 흰토끼에게 말했다.

"저 소녀가 하는 말을 어떻게 생각하느뇨?"

"참으로 뜻 모를 소리로군요. 물론 저는 험프티의 죽음과 아무런 관련이 없습니다."

"그렇지, 그렇지. 자네만은 그럴 리가 없지."

얼마나 내숭을 떨었기에 이 속이 시커먼 토끼가 이렇게까지 신뢰를 얻은 거지?

"그녀는 가엾게도 추리소설에 중독됐습니다. 그래서 현실과 허구를 구분하지 못하더군요."

흰토끼가 의기양양한 얼굴로 말하자 여왕이 소리쳤다.

"그러니까 추리소설 같은 건 전부 태워버려야 하는

거야!"

추리소설을 불태우다. 실제로 세 번째 문제에서 행해지던 일이다. 그 목적은⋯⋯.

> ♪ 그녀 사전에 수수께끼란 없지
> ♪ 하트 여왕님이야말로 전지전능한 절대자
> ♪ 그러니 의심해서는 안 돼
> ♪ 아무 생각도 하지 마.

왕과 흰토끼, 하트 병사들이 합창했다.

> ♪ 여왕님만 믿으면 구원받을 수 있어
> ♪ 그러니 우리는 수수께끼를 모두 죽여 없애자
> ♪ 비로소 탄생하는 명명백백한 세상
> ♪ 하트 여왕님이야말로 전지전능한 절대자

법정에 노랫소리가 울려 퍼졌다. 천둥마저 장단을 맞췄다. 나는 귀를 틀어막았다.

여왕이 전지전능하기 위해서 이 세계에 그녀가 풀지 못하는 수수께끼(wonder)가 없어야 한다. 여왕이 독재를

펼치기 위해서는 백성들이 의심(wonder)하는 일이 있어
서는 안 된다. 그래서 그녀는 wonder를 모조리 죽이기
로 결심했다. 그 시작으로 추리소설과 퍼즐책을 불태워
버리는 것이다.

수수께끼를 죽인다. 나와 똑같은 말을 하지만 그 의
미는 정반대다.

'수수께끼를 죽이는 앨리스'인 나는 정정당당하게 수
수께끼와 맞서서 없앤다.

그러나 여왕은 수수께끼를 풀려고 하지 않고 자신의
지위를 지키기 위해 그것을 말살한다.

나와 여왕은 극과 극의 존재인 것이다.

노래가 멈췄다.

나는 귀를 막았던 손을 머뭇거리며 뗐다.

그 사이로 찌르는 듯한 여왕의 목소리가 새어 들어
왔다.

"우리 아가는 억지로 추리할 필요 없단다. 이상한 게
있다면 엄마가 전부 죽여버릴 테니까."

그렇게 말하는 여왕의—어머니의 눈은 시뻘겋게 충

혈되어 있었다.

가슴이 술렁거렸다.

여왕의 목소리가 법정에 메아리쳤다.

"자, 어서 그 두 사람의 목을 베어라!"

"넷!"

5와 10이 ①과 ②의 무릎을 꿇리고 검을 치켜들었다.

①이 소리쳤다.

"저 여자애의 말은 사실이야! 난 분명 흰토끼 놈에게 약을 받았어!"

자백했다. 흰토끼를 길동무 삼으려는 생각일까.

그러나 정작 흰토끼는 여유로운 표정이었다.

돌발 상황에서 5는 당황하는 기색 없이 냉정하게 여왕의 얼굴을 살폈다. 여왕은 고개를 저었다.

"그대로 이행하라."

5는 표정 없이 고개를 끄덕이고는 검을 내리쳤다.

10도 마찬가지였다. 나도 모르게 눈을 감았다.

무언가 무거운 것 두 개가 바닥으로 굴러떨어지는 소리가 들렸다.

그리고 조금 후 발에 부딪혔다.

눈을 떠 보니 똑같은 얼굴 두 개가 있었다. 피는 나지 않았다. 그들은 원망 가득한 눈으로 나를 올려다보고 있었다.

내 무력함을, 명탐정의 무력함을 원망하는 눈빛으로.

추리는 옳았다.

실행범도 자백했다.

그런데 이런 결과를 막을 수 없었다.

압도적인 폭력 앞에 진실은 무력하다!

그렇다면 진실은 무엇 때문에 존재하는 걸까? 무엇 때문에 추리를 하는 거지? 탐정은 왜 존재하는 걸까?

아무것도 모르겠어…….

…….

저 멀리서 흰토끼의 목소리가 들렸다.

"그럼 두 번째 심리로 넘어가겠습니다. 앨리스를 여왕 폐하의 양자로 들이는 건입니다. 찬성하시는 분?"

잠시 후.

"두 명 중 두 명이 찬성해서 가결되었습니다. 오늘부터 앨리스는 여왕 폐하의 양자입니다. 이것으로 폐정?"

"그 아이를 유리 요람으로 데려가거라!"

어머니의 목소리가 명령했다.

♥

나는 구렁텅이로 떨어졌다.

비유가 아니라 글자 그대로의 의미로 말이다.

재판이 끝난 뒤 트럼프 병사들은 나를 양옆에서 붙잡고 복도로 끌고 나왔다.

어느새 비가 그친 것 같았고 빗소리도 천둥소리도 들리지 않았다.

계단을 올라…… 미로정원을 걸어…….

도중에 문이 열리는 소리가 들려서 뒤를 돌아보니 흰토끼가 하트 정면에 있는 문으로 성을 빠져나가고 있었다.

아아, 흰토끼가 가버렸다. 쫓아야 하는데…….

그러나 움직일 수 없다. 물리적으로도 정신적으로도.

문이 닫혔다.

미로를 계속 걷자 층의 왼쪽 끝에 다다랐다. 바닥은 그곳에서 끝이었다. 난간 너머는 바닥이 보이지 않는 통층이었다. 맞은편 벽에는 붙박이창이 있었다. 회랑에서 성 안을 처음 들여다봤던 붙박이창일 것이다.

포승줄에서 벗어난 나는 딱 한 군데, 난간이 없는 곳에 서게 되었다.

그제서야 겨우 신변에 위험을 느끼고는 정신을 차렸다.

"도대체 무슨 짓을 하려는 거야."

7이 마음이 복잡해 보이는 미소를 지었다.

"페인트 건은 눈감아줘서 고마워. 하지만 여왕 폐하의 명령이라서 말이야. 너무 화내지 마."

그 옆에 있던 1과 4가 몹시 미안한 얼굴로 서 있었다.

"설마 여기서 밀어서 떨어뜨리려는 건?"

"그럼, 몸조심하고."

7이 등을 밀었다.

나는 어두운 구렁텅이로 머리부터 떨어졌다.

몇 초 후, 땅에 부딪칠 것이라고 생각했는데 고무 매트처럼 부드러운 곳에 닿았다. 그것은 미끄럼틀 같은 경사면이었다. 나는 그 위로 미끄러졌고, 점점 완만해지는 경사면을 따라 멈췄다.

칠흑 같은 어둠 속이었다.

혼란에 빠진 나는 이곳저곳을 더듬었다. 부드러운 경사면. 딱딱한 바닥. 매끈한 벽. 거친 벽.

아무래도 막다른 곳인 것 같았다.

갇힌 걸까?

숨 막혀. 분명 공기는 있을 텐데. 빛이 없는 것만으로 이렇게나 숨 막히는 기분이라니.

빛이 조금이라도 있었으면!

그때 등 뒤에서 엄청난 양의 빛이 쏟아졌다.

내가 지금 있는 곳은 문도 창문도 가구도 없는 작은 방이었다.

바로 앞에 내가 미끄러져 내려온 경사면이 있었다. 경사면은 중간 부분부터 그 위로는 거의 수직이나 마찬가지여서 기어 올라갈 수 없을 것 같았다. 이 경사면의 형태로 내가 떨어진 곳을 추측컨대 아마도 하트 왼쪽의 둥글게 휜 부분일 것이다. 그러면 지금 갇혀 있는 이곳은 하트 밑 뾰족한 부분이겠지.

빛이 환하게 비추는 등 뒤를 돌아보니 벽 한 면이 두꺼운 통유리로 만들어져 있었다. 조금 전 손으로 더듬었을 때 매끄럽던 벽이 바로 이것인 듯했다. 지나갈 수 있는 문과 구멍이 없었다.

유리 건너에 호화로운 침실이 있었다. 넓고 푹신푹신해 보이는 침대, 우리집과 같은 수준의 고급 가구, 벽에 걸린 장식용 검. 내 앞쪽에 있는 바닥은 평평했지만 침실 안쪽은 계단식으로 되어 있었다. 하트 오른쪽 둥근 부분일 것이다.

여왕이 방금 침실의 불을 켠 참이었다.

여왕은 생글생글 웃으며 유리벽 앞으로 다가왔다.

"오늘부터 이곳이 네가 지낼 유리 요람이란다."

유리벽에는 교도소 면회실처럼 벌집 모양의 구멍이 뚫려 있었는데 그곳에서 여왕의 목소리가 들려왔다.

"이게 무슨 유리 요람이야!"

"물론 평범한 유리 요람은 아니지. '유폐의 유, 격리의 리'니까. 아이를 들이기에 안성맞춤인 곳이야."

"이름부터가 그냥 감옥이잖아! 진짜 아이를 갖고 싶다면 당신 방에 요람을 놓으라고! 진짜 요람 말이야!"

"음……, 하지만 아이들은 갑자기 울어대거나 소변을 누잖아. 그럴 때는 이렇게 하면……."

여왕이 유리 덮개 같은 것으로 벌집 모양 구멍을 막자 그녀의 입이 뻐끔뻐끔 움직일 뿐 아무 소리도 들리지 않았다.

여왕이 다시 덮개를 열었다.

"소리와 냄새를 모두 차단할 수 있지. 아이는 내가 원하는 것만 주면 되거든. 그 외에는 필요 없어."

여왕은 한번 키우기 시작한 아이라도 금방 질려서 죽

여버린다고 했던 공작부인의 말이 떠올랐다.

개중에는 이 유리 요람에 방치된 채로 죽어간 아이도 있을지 모른다.

"완전히 아동학대 방임이잖아. 당신은 아이를 키울 자격이 없어"라고 몹시 말해주고 싶었지만 꾹 참았다.

지금은 흰토끼와의 술래잡기를 위해 이곳에서 탈출하는 것이 우선이다. 그러니까 여왕을 화나게 해서는 안 된다. 나는 철저히 여왕의 비위를 맞추는 작전에 돌입했다.

"듣고 보니 유리 요람은 확실히 멋진 아이디어네요. 역시 어머니예요!"

어머니라는 소리에 여왕은 순간 깜짝 놀란 표정을 짓더니 금세 만족스러운 표정을 지었다.

"그렇지. 그렇고말고."

"하지만 딱 한 번이라도 좋으니까 밖에 내보내주시면 안 돼요?"

"밖에 나와서 무얼 할 생각이지?"

"탐정으로서 자존심을 걸고 흰토끼와의 두뇌 싸움에서 이겨야 해요."

"탐정?"

여왕은 눈썹을 찌푸렸다.

"아이는 그런 위험한 짓을 하면 안 돼. 게다가 아까처럼 터무니없는 추리를 하는 네가 탐정이 된다니 무리야."

아까 한 추리는 옳았다고!

그런데 방금 그 말투, 어디선가 들어본 적 있는 것 같은데…….

여왕이 말을 이었다.

"내 눈이 닿는 유리 요람 안에 있으렴. 그게 가장 안전하단다."

맞아, 이 말투는…….

어머니다.

진짜 어머니가 늘 내게 하는 말과 매우 비슷했다.

—탐정은 위험하기도 하고 네 재능으로는 무리야. 나처럼 안정적인 직업을 얻으렴.

하트 여왕은 어머니와 매우 비슷한 게 아니었다.

어머니 그 자체였다.

어머니는 이런 곳까지 나타나서 나를 방해한다.

현실과 게임이 뒤섞였다……

내 안의 무언가가 부서져 내렸다.

"……꺼내줘."

"응?"

"여기서 당장 꺼내달란 말이야! 당신 말에는 따르지 않을 거야! 나는 탐정이 될 거야! 그러니까 당장 꺼내줘! 꺼내라고!!!!!!!!!!!"

"어머나, 무서워라. 이래서 애는 싫다니까. 무조건 말 잘 듣는 아이가 있으면 좋을 텐데."

여왕은 벌집 모양 구멍의 덮개를 닫아버렸다. 나는 고함치고 새된 소리를 지르며 유리를 두드리고 몸을 부딪쳤지만 저편에서는 전혀 들리지 않는 듯 차가운 얼굴로 일상생활을 시작했다. 그리고 두 번 다시 이쪽을 보지 않았다.

나는 뒤돌아 여왕에게서 도망치듯 경사면을 뛰어 올라갔다. 그러나 중간부터는 거의 수직이라서 인간이 올라갈 수 있는 각도가 아니었다. 나는 포기하지 않고 몇 번이나 도전했지만 매번 미끄러져 유리벽 앞으로 되돌아갈 뿐이었다.

첫 번째 문제를 풀 때 주머니에 넣어두었던 쿠키 조

각은 모두 써버려서 몸을 크게 만들어 탈출할 수는 없었다.

나는 바닥에 벌러덩 드러누웠다.

흰토끼 녀석은 처음부터 이렇게 만들 작정이었던 것이다.

술래잡기 따위 진지하게 할 생각 없이 이대로 시간이 다 될 때까지 나를 가두어둘 속셈이었던 것이다.

그 계획을 꿰뚫어보지 못한 내 패배인가.

명탐정의 패배…….

…….

♥

"포기할 거야?"

……포기?

내가?

웃기지 마, 나는 수수께끼를 죽이는 명탐정 앨리스라고!

벌떡 일어나니 눈앞에 초승달이 떠 있었다.

…….

으음, 무슨 상황이었지?

유리 요람이라는 감옥에 갇혀서…….

어떻게 해도 탈출할 수 없자 지쳐 쓰러져 잠들어버렸던 것 같다.

그 사이에 여왕도 잠들어버렸는지 유리벽 너머로 보이는 침실은 불이 꺼져 있었다. 침대 머리맡에 놓인 스탠드의 소형 전구가 유일하게 빛을 내뿜고 있었다. 여왕은 혼자 잠들어 있었고 방 안에 다른 사람의 모습은 보이지 않았다. 왕과 침실을 따로 사용하는 것 같다.

유리 요람에는 빛이 없어서 거의 캄캄하다시피 했다.

그 캄캄한 어둠 속에서 초승달만이 하얗게 빛나며 떠 있었다.

도대체 이게 무슨…….

이라고 생각하는데 초승달 위에 동그라미가 두 개 생겼다.

그리고 초승달 옆에 세로줄도. 하나, 둘, 셋…….

"체셔 고양이!"

초승달은 입, 동그라미 두 개는 눈, 세로줄 여러 개는 몸통의 줄무늬였다.

초승달이 움직이며 말했다.

"다섯 번째 문제는 조금 어려우니까. 특별히 힌트를

줄게. 지금까지 풀었던 네 개의 문제와 다섯 번째 문제를 합친 총 다섯 개의 수수께끼에는 하나의 공통점이 있어. 그 공통점이 무엇인지 잘 생각해보면 다섯 번째 문제를 푸는 데 큰 도움이 될 거야."

"공통점이라고?"

첫 번째 문제는 밀실 탈출 게임.

두 번째 문제는 아기 유괴 사건.

세 번째 문제는 다잉 메시지를 남긴 살인사건.

네 번째 문제는 알리바이 트릭을 이용한 살인사건.

다섯 번째 문제는 흰토끼와의 술래잡기.

공통점은 없어 보이는데……

"어라? 그런데 체서 고양이는 이 게임에 나오지 않는 거 아니었어?"

두 번째 문제에서 흰토끼가 그렇게 말했는데.

그렇다면 눈앞에 체서 고양이로 보이는 이 존재는 무엇일까.

그것은 대답하지 않고 그저 기분 나쁘게 웃고 있었다. 나는 점점 무서워졌다. 뭐라도 좋으니 불빛이 있으면 좋을 텐데……

맞다, 회중시계. 어두운 곳에서 빛을 비출 수 있는 기능이 있지.

오른쪽 허리 주머니에서 회중시계를 꺼내 뚜껑을 열었다. 희푸른 빛에 유리 요람 안이 희붐하게 밝아졌다.

그러나 체서 고양이는 이미 흔적도 없이 사라진 뒤였다.

회중시계 뚜껑을 닫아 빛을 꺼도 체서 고양이는 돌아오지 않았다.

"꿈……이었을까?"

아직 머리가 무거웠다. 정말 잠이 덜 깬 것일지도 모른다.

나는 다시 한번 회중시계 뚜껑을 열었다. 0시 정각이었다. 제한 시간은 정오까지니 시간은 반이 남은 셈이었다. 그동안 계속 이곳에 갇혀 시간을 보내다가 끝나는 것일까.

나는 한숨을 쉬며 회중시계를 다시 주머니에 넣었다.

그때 어디선가 남자 목소리가 띄엄띄엄 들렸다.

체서 고양이일까? 하지만 아니었다.

"그래서 9 녀석…… 총알받이가 돼서…… 물론 확실하다고는…… 저쪽도 언질은…… 하지만 말끝마다…… 자기는 아무것도 안 하고…… 농담 아니라고…… 내가 3이라고 우습게봐…… 오늘 일로 완전히 폭발했으니까……
복수라고 해도 소소하니…… 그 녀석의 버릇…… 그래, 밤
마다…… 그러니까 뒤따라가서…… 달아버린 거야……
지금쯤 화가 나서…… 비밀이니까."

그것을 마지막으로 목소리는 더 이상 들리지 않았다.

아무래도 3은 화가 난 것 같았다. 그런데 그게 어쨌다
는 거지? 나도 화가 났다고. 무력한 자는 화만 낼 수밖
에 없다.

나는 눈꺼풀을 괴롭히듯 눈을 질끈 감았다.

♥

그다음에 눈을 떴을 때는 유리 너머에 하트 9가 있
었다.

흰색 바탕 트럼프에 붉은 하트가 아홉 개.

근위병 9가 유리 너머에 있었다.

9가 왜 이런 곳에…….

이상하다고 생각하는데 9가 무언가를 번쩍 치켜들
었다.

불빛에 반짝이는 그것은.

검이었다.

그 검을.

단번에 휘둘렀다.

큰일 났다…….

너무나 엄청난 일에 서서히 정신을 잃었다.

♥

"……어나. 일어나."

누군가가 계속 소리쳤다.

눈을 떴다.

유리 너머로 1, 4, 7이 서 있었다.

여왕의 침실에 있는 사람은 그들만이 아니었다. 트럼
프 병사 여러 명과 왕이 침대 옆에 서서 무언가를 내려
다보고 있었다.

여왕의 침실에는 창문이 있어서 그곳으로 들어오는
아침 햇살이 유리 요람 안까지 희미하게 비췄다.

"무슨 일이야?"

내가 눈을 비비며 물었다.

4가 가슴에 난 흉터를 쓰다듬으며 대답했다.

"……여왕 폐하가 살해당하셨어. 목이 잘려서."

"뭐라고!?"

"네 짓은 아니겠지?"

7이 목소리를 낮춰 물었다.

"무슨 소리야. 계속 여기 갇혀 있었는데."

"하긴, 네가 저지르기에는 확실히……."

7은 유리벽을 콩콩 두드리며 말했다. 지나갈 수 있는 문도 구멍도 없는 점은 변함없었다.

나는 지난밤에 보고 들었던 것을 떠올렸다.

꿈일지도 모르는 체서 고양이, 누군가와 몰래 이야기를 나누던 3의 대화 소리, 유리 저편의 9…….

"9야."

내가 말했다.

"뭐라고?"

"범인은 근위병 9라고. 내가 봤어. 9가 어젯밤 여왕의 침실에 들어와서 자고 있는 여왕에게 검을 휘두르는 걸."

"그게 정말이냐!?"

왕과 병사들이 그 말을 듣고 다가왔다.

"틀림없어. 이 두 눈으로 똑똑히 봤어."

"그러고 보니 9가 보이지 않습니다."

근위병장으로 짐작되는 10이 말했다.

"찾아라, 당장 찾아내!"

왕과 그 일행이 요란스럽게 침실을 나갔다.

나는 뒤따라 나가려는 1, 4, 7을 불러 세웠다.

"나는 명탐정이야. 분명 지금 상황에 도움이 될 거야. 그러니까 여기서 내보내줘."

"안 돼, 우리는 그럴 권한이……."

"여왕이 죽었으니까 이제 상관없잖아."

"그래도……."

"나한테 빚 졌잖아?"

"칫, 알겠어. 거기서 잠깐 기다려."

몇 분 후, 위쪽 허공에서 여럿이 웅성거리는 소리가 들리더니 바구니가 내려왔다. 그것은 경사면을 타고 내 앞까지 미끄러져 내려왔다. 양옆 손잡이에 밧줄이 묶여 있었다.

"바구니에 타고 신호를 보내. 끌어 올릴 테니."

나는 바구니에 올라탄 뒤 위를 향해 소리쳤다.

"탔어!"

한 박자 늦게 바구니가 움직이기 시작했다. 바구니가 경사면을 올라가다가 기울기가 거의 직각이 되는 부분에 이르자 경사면을 벗어나 공중을 수직으로 오르기 시작했다. 밧줄이 풀리거나 바구니의 균형이 무너질까 봐

불안했지만 다행히도 그런 일은 벌어지지 않았고 나는 어젯밤에 등 떠밀린 실내 정원의 왼쪽 끝에 다다랐다.

바구니에서 내린 뒤 말했다.

"고마워."

"착각하지 마, 빚을 갚았을 뿐이다. 그래서 명탐정 각하께서는 이제 어쩔 생각이지?"

"일단 현장을 직접 가보고 싶어."

"그래? 나와 4는 9 씨를 찾을 테니, 1이 안내해주도록 해."

"알겠습니다."

나와 1은 미로정원을 걸어 층의 오른쪽 끝에 도착했다. 하트의 왼쪽 둥근 부분은 통층으로 텅 비어 있었지만 오른쪽의 둥근 부분을 왼쪽과 달리 나선형 계단이 있었다. 그도 그럴 것이 여왕의 방을 오갈 때마다 경사면을 미끄러져 내려가거나 바구니를 타고 올라갈 수는 없으니 당연하다.

나선형 계단을 몇 층 내려가자 K라고 적힌 문이 나타났다.

"폐하의 방이십니다."

1이 말했다. 이 성에서 서열이 가장 낮은 그는 평소에 존댓말을 해야 하는 상대만 있어서인지 내게도 이상한 존댓말로 말했다.

왕의 방에는 들어가지 않고 계단을 조금 더 내려가자 Q라고 적인 문이 나타났다.

"여기가 여왕 폐하의 방이십니다."

안으로 들어가니, 분명 내가 유리 요람에서 유리벽 너머로 바라봤던 침실이었다. 침실 쪽에서는 당연히, 내가 탈출한 유리 요람이 보였다.

침대 위에 목이 잘린 여왕의 팔랑팔랑한 몸이 누워 있었다. 칼자루에 하트 모양의 루비가 박혀 있는 검이 매트리스에 꽂혀 있었다. 한쪽 칼날은 몸통의 경부 절단면에 밀착되어 있었다. 처형당한 스페이드 ①과 ②와 마찬가지로 출혈은 없었다.

머리는 침대 옆 바닥에 떨어져 있었다. 아니, 절단면이 바닥에 닿아 있었기 때문에 '떨어져 있었다'기보다 '놓여 있었다'는 표현이 적절할 것이다. 잠든 상태에서 죽었는지 평안히 눈을 감은 모습이었다. 그 얼굴은 물론 어머니의 것이었다.

이 게임은 도대체 뭘까…….

나는 정신을 차리고 1에게 물었다.

"이 검은 분명 이 방에 장식되어 있던 거 맞지?"

"네, 이게 범행에 사용된 흉기라고 생각합니다."

"첫 번째 발견자는?"

"폐하이십니다. 아침이 되어 깨우러 왔더니 이런 상태였다고 하셨습니다."

"흐음."

나는 엎드려서 방 안을 구석구석 뒤졌지만 특별한 유류품은 발견하지 못했다.

"뭔가 알아내셨어요?"

1이 물었다.

나는 자리에서 일어나 치맛자락을 털었다.

"오늘은 아직 아무것도. 우선 위로 돌아가자."

나선형 계단을 올라가면서 궁금했던 점을 물었다.

"그러고 보니 이 성 말이야, 주방이나 화장실이 없는 것 같은데. 당신들 먹지도 않고 화장실도 가지 않아?"

"맞습니다. 먹으면 목이 막혀서 드실 수 없습니다."

"하긴, 그런 몸이라면……."

나는 1의 팔랑팔랑한 몸을 보며 말했다.

"음식이라는 건 맛있습니까?"

1의 질문에 나는 조금 흠칫했다.

맛있냐는 물음에 첫 번째 문제에서 몸이 커지는 쿠키
와 작아지는 시럽처럼 맛있는 것이 곧바로 떠올랐다.
하지만 그것을 먹을 수 없는 사람에게 "맛있어"라고 대
답하는 것은 안타까운 일이라는 생각이 들었다. 그래서
두 번째 문제에서 등장한 후추 요리를 떠올리며 맛있는
것과 맛없는 것이 있다고 대답했다.

"그렇군요."

그때 4가 황급히 내려왔다.

"9 씨를 찾았어."

♥

우리가 달려갔을 때, 미로 중간에 사람들이 모여 있었
다. 왕과 트럼프 병사들이 수갑을 차고 포승줄에 묶인 9
를 에워싸고 있었다.

왕이 심문했다.

"네 놈이 내가 사랑하는 비를 죽였느냐!"

"저는 아무것도 모릅니다. 믿어주십쇼!"

"그렇다면 왜 도망갔느냐!"

"도망친 게 아닙니다. 제 말씀 좀 들어보세요. 저는 폐
하와 여왕 폐하를 지키려면 검술을 더욱 연마해야겠다

고 생각해서 매일 밤 혼자서 특별 훈련을 했습니다. 제 방과 성 안은 좁아서 항상 회랑으로 나가 훈련했습니다.

그런데 어젯밤, 특훈을 마치고 돌아가려는데 성문이 열리지 않는 것 아니겠습니까? 제가 빗장을 열고 회랑으로 나간 뒤, 문단속을 잊은 줄 알고 누군가 안에서 빗장을 내려버린 것입니다. 창문도 전부 안에서 잠겨 있어서 사람을 부르려고 문과 창문을 두드렸지만 아무도 오지 않았습니다. 어쩔 수 없이 저는 회랑에서 하룻밤을 보냈습니다. 그리고 방금 10을 비롯한 병사들이 깨울 때까지 줄곧 자고 있었습니다."

틀렸어. 빗장을 내린 인물은 '문단속을 잊었다고 생각해서'가 아니었다. 9가 밖에 있다는 사실을 알고 일부러 빗장을 건 것이다. 그 인물은 3이다. 어젯밤 띄엄띄엄 들렸던 3의 말 중 '소소한 복수'라는 것이 이 일을 뜻하는 것이었나.

9의 말에 10도 가세했다.

"우리가 9를 발견했을 때 그는 자신이 말한 대로 밖에서 안으로 들어올 수 없는 상황이었습니다. 혼자서는 밖에서 문을 잠글 수 없습니다."

"으음, 그럼 앨리스는 어째서 '9가 비를 죽이는 장면을 봤다'고 한 거지?"

"뭐라고요? 그 소녀가 그렇게 말했습니까?!"

9의 얼굴이 시뻘게졌다.

"말도 안 되는 모함입니다! 아니면 잘못 봤든가!"

사태가 심상치 않게 돌아가자 나도 끼어들었다.

"모함도 아니고 잘못 본 것도 아니야."

왕은 나를 보고 깜짝 놀란 기색이었다.

"너, 언제 밖으로 나왔느냐."

"지금은 내 뛰어난 추리가 필요할 때야. 그런 사소한 건 아무래도 상관없잖아. 그래서 9의 알리바이 말인데, 언뜻 보면 성립하는 것 같아도 그렇지 않아. 왜냐하면 회랑에서 들어오지 못하게 되기 전에 여왕을 죽이러 갔으면 그만이니까."

"뭐라고!?"

9는 위협하듯 소리를 질렀다. 나는 주눅 들지 않고 계속 말했다.

"처음에는 도망칠 생각으로 성 밖으로 나간 걸지도 몰라. 하지만 도중에 자신의 방으로 돌아가서 시치미 떼는 편이 안전하겠다고 생각해 마음을 고쳐먹고 돌아가려고 한 거지. 하지만 불행히도 우연히 누군가 빗장을 걸어 잠그는 바람에 돌아갈 수 없게 된 거야. 당신은 순간적으로 그 사고를 역이용하자고 생각한 거야. 그러면 이야기가 맞지."

"바보 같군. 애당초 어째서 내가 위대하신 여왕 폐하를 죽인단 말이지?"

"무슨 소리야. 당신, 거만한 여왕을 암살하고 싶다고 말했잖아."

"뭣이, 정말이냐!"

왕의 안색이 변했다.

"아닙니다! 그런 말 한 적 없습니다!"

9가 필사적으로 부정했다.

"뭣하면 재판으로 결판을 내지?"

내가 제안했다.

재판에 회부되면 논쟁의 여지없이 처형당할 것이라고 생각했는지 9가 항의했다.

"아니지, 아냐, 아냐. 재판 따위는 필요 없어. 이런 건 시간 순서대로 검증하면 금방 해결될 이야기라고."

"시간 순서라니?"

9는 내 질문을 무시하고 왕을 바라봤다.

"폐하, 마지막으로 살아계신 여왕 폐하를 보신 시각을

기억하십니까?"

"11시 45분이다. 굿나잇 키스를 했지. 그때는 아무렇지 않았는데 어째서 이렇게 됐는지."

왕은 흐느꼈다.

"송구합니다."

9는 빈말로 느껴지는 위로의 말을 늘어놓고는 승리를 자신한 듯 말했다.

"그런데 이걸로 제 억울함이 밝혀졌습니다. 저는 항상 11시 30분부터 12시 30분까지 회랑에서 검술 훈련을 합니다. 따라서 11시 45분 이후에 여왕 폐하를 죽이러 가는 것은 불가능─."

이 얼마나 허접한 논리인가. 내가 끼어들었다.

"아니지, 아니지. 11시 30분이라는 건 너 혼자만의 주장이잖아. 실제로 빗장을 걸어 잠근 시간을 모르면 아무런 의미가 없지."

"윽."

9는 말문이 막혔다. 그리고는 도움을 청하듯 주위를 둘러봤다.

"있을 거 아닌가, 이 중에 빗장을 내린 자가. 내가 밖에 나와 있다는 사실을 몰랐지 않은가. 문단속은 중요하니까. 결코 화내지 않겠네. 화내지 않을 테니 스스로 나서주게. 그리고 빗장을 내린 시각이 11시 45분 전이었다고 증언해줘!"

트럼프 병사들은 모두 외면했다.

3은 나서지 않았다. 3은 9에게 여러 해 묵은 감정이 있기 때문에 속으로는 크게 웃고 있을지도 모른다.

"부탁이야, 누구라도!"

9는 애원했다.

그래도 여전히 고요하다고 생각했을 때,

"빗장을 내린 사람은 저입니다. 시각은 11시 30분이 지나자마자, 그러니까 11시 45분 전입니다."

마침내 3이 고백했다.

9는 3을 매섭게 노려봤다.

"자네였군. 설마, 일부러?"

"당치않습니다. 9 씨가 회랑에 나가 있다는 사실을 몰랐습니다. 제가 실수했습니다."

3은 점잖 빼는 얼굴로 사과했다.

"흥, 과연 그럴까? 하지만 이로써 내가 여왕 폐하를 죽인 범인이 아니라는 사실이 증명됐군."

"확실히 그렇군. 앨리스, 이게 어떻게 된 일이지?"

왕의 매서운 눈초리가 나를 향했다. 트럼프 병사들의 시선도 내게 쏠렸다.

큰일 났다. 이대로라면 내가 거짓말쟁이로 몰리겠어.

이 모순된 상황을 조리 있게 설명할 수 있는 방법이 없을까.

"이 소녀가 9 씨를 본 건 그저 꿈일 뿐, 실제로는 외부 범인의 소행이 아닐까요?"

5가 냉정하게 분석했다. 어젯밤 법정에서도 얼굴색 하나 변하지 않고 ①의 목을 베었지.

"아니, 그건 아니야."

10이 부정했다.

"조금 전에 9를 찾으러 밖으로 나갔을 때, 내친김에 몇 명에게 성 주변을 살펴보게 했어. 어젯밤 내린 소나기로 땅이 질척거렸지만 발자국은 하나도 남아 있지 않았지. 그러니까 유감스럽게도—."

"내부범의 소행이다. 뭐, 그럴 줄 알았습니다."

5는 냉소적으로 말했다.

대화가 오가는 동안 나는 필사적으로 머리를 굴렸다.

뭔가, 뭔가 방법이 없을까.

그때 한 가지 가설을 떠올렸다.

만약 그걸 사용한다면?

"저기, 좀 조사하고 싶은 장소가 있는데 다녀와도 돼?"

"그렇게 말하고 도망칠 생각은 아니겠지?"

9가 고압적으로 말했다.

"아니야. 1, 4, 7을 데리고 갈게. 됐지?"

"뭐, 그렇다면야."

왕이 허락했다. 여왕이 죽은 지금, 왕은 내게 별다른 관심이 없어 보였다.

나는 1, 4, 7을 데리고 미로를 걷기 시작했다.

"조사하고 싶은 장소라니?"

"어제 당신들이 장미를 칠하고 있던 장소로 데리고 가줘."

"알겠습니다."

미로를 지그재그 걸어서 문제의 장미 앞에 다다랐다.

"이게 사건과 무슨 관계가 있다는 거지?"

"어쩌면 큰 관계가 있을지도 몰라."

나는 쭈그리고 앉아서 덤불을 헤쳤다.

분명 이 근처에⋯⋯.

"있다!"

덤불 깊숙한 곳에 붓이 세 개 들어 있는 붉은 페인트

통이 숨겨져 있었다.

"이 페인트 통은 그 후 계속 여기에 방치해뒀어?"

"죄송합니다."

1은 혼났다고 생각했는지 고개를 깊이 숙였다.

"어제는 이런저런 일이 많았으니까. 그만 깜빡하고 말았어."

4가 말했다.

나는 주위를 둘러봤다.

"여긴 사람들이 많이 지나다니는 길이야?"

"아니, 그렇지는 않아. 어디서 어디를 가든 여기를 지나치지는 않아. 그래서 어제 여왕 폐하가 나타났을 때는 정말로 기겁했다고."

"당신들 여기 장미를 칠한 사실을 세 사람 외에 다른 누군가에게 말한 적 있어?"

세 사람 모두 부정했다. 그다지 알리고 싶지 않은 일이니 당연하겠지.

"이 페인트 통은 평소에 어디에 보관하지?"

"법정 앞에 있는 창고에."

"거기로 가자."

우리는 미로를 걸어 중앙 계단을 내려갔다.

바로 아래층에 있는 '창고'라고 적힌 문을 열었다.

검과 방패, 공구, 양피지 등이 잔뜩 놓여 있는 가운데 페인트 통이 있었다. 노란색, 초록색, 파란색, 검정색. 페인트를 녹이는 유기용제도 있었다.

"색을 칠할 수 있는 도구는 성 안에는 여기에만 있어?"

"응."

"흰색 페인트는 없고?"

"얼마 전에 없어져서 주문해두었어."

"그럼 하얀 종이는?"

선반에는 갈색 양피지만 있었다.

"성 안에서 사용하는 것은 모두 양피지야. 양피지가 일반 종이보다 보존성이 좋으니까 공문서에 사용하기 좋다고."

4가 설명했다. 그러자 7이 끼어들었다.

"아까부터 잠자코 듣고 있자니 페인트니 종이니……. 그런 것들이 도대체 어쨌다는 말이냐."

"이러니저러니 해도 이제 조금만 더 가면 퍼즐이 완성될 것 같아."

"뭐라고?"

마지막 한 조각 퍼즐을 찾아 창고 안을 둘러봤다.

그러자 방 한구석에 쓰레기통 같은 것이 놓여 있는 것을 발견했다.

이거다 싶어 속을 들여다보려는데 4의 날카로운 목소리에 멈칫했다.

"잠깐!"

나는 화들짝 놀라 뒤돌아봤다.

"왜?"

"아, 미안. 하지만 그건 부점이라고 취급주의 쓰레기를 모아두는 쓰레기통이야."

부점은 루이스 캐럴의 시 〈스나크 사냥〉에 등장하는 미지의 동물이다. 탐험대가 상상의 동물 스나크를 잡으려고 신비의 섬에 상륙한다. 그런데 스나크 중에는 부점이라고 불리는 종류가 있었는데, 부점은 마주치는 모든 것을 사라지게 만든다. 시의 마지막에는 탐험대 중 한 사람이 실제로 불가사의하게 사라진다.

"부점은 어떤 물건이든 빨아들여 없애버리지. 늘어나는 쓰레기를 일일이 버리러 가지 않아도 되는 점은 편하지만 그 대신 자기 자신이 빨려 들어가지 않도록 조심해야 해."

4는 양피지를 한 장 말면서 내 옆으로 다가왔다.

"한번 봐봐."

4는 부점의 뚜껑을 열었다. 속은 텅 비어 있었다. 4가 둥글게 만 양피지를 높은 곳에서 떨어뜨리듯 넣자 탁 하는 소리와 함께 빨려 들어가 사라졌다. 4는 서둘러 부점의 뚜껑을 닫았다.

"이런 식이야."

"과연……. 이제 퍼즐이 완성됐어."

"응?"

"돌아가자."

왕에게 돌아가자고 선언했다.

"범인을 알아냈어."

♥

"범인을 알아냈다니…… 무슨 뜻이지? 너는 아까부터 줄곧 9가 범인이라고 말하지 않았느냐."

왕이 불신에 가득 찬 얼굴로 물었다.

"미안. 분하게도 진범에게 속았지 뭐야. 하지만 이제 괜찮아. 진범이 사용한 트릭을 알아냈으니까."

"트릭?"

"그래, 범인은 9로 가장한 거야. 그리고 유리벽을 두

드리거나 해서 나를 깨워 일부러 모습을 보였지. 음지에서 암살을 계획하던 9에게 죄를 뒤집어씌우려고."

"헛소리 그만하라고! 폐하, 정말입니다. 저는 정말로 여왕 폐하를 흠모해 마지않았습니다."

왕은 9를 무시하며 내게 물었다.

"가장하다니, 어떻게 그럴 수 있지?"

"트럼프 병사들은 모두 얼굴이 똑같고 왼쪽 윗부분과 오른쪽 아랫부분에 숫자도 적혀 있지 않아. 하트의 개수만 다르지. 그러니까 붉은 페인트로 자신의 몸에 하트를 더 그려 넣은 거야."

장내가 술렁였다. 그 반응에 만족하며 말을 이었다.

"여기서 한 가지 짚고 넘어갈 포인트는 이 트릭은 어디까지나 유리 요람 안에 누군가가 없다면 성립하지 않는다는 사실이야. 그런데 어젯밤에 갑작스럽게 내가 유리 요람에 들어가는 것이 결정됐지. 그래서 범인은 사전에 변장 도구를 준비해 두지 못해서 성 안에 있는 비품을 사용할 수밖에 없었어."

"어젯밤에 급하게 성 밖으로 나가 조달해 왔을 수도 있잖아."

7이 지적했다.

"그럴 수 없었어."

10이 나보다 먼저 대답했다.

"그녀를 유리 요람으로 보내기로 결정했을 때, 비가 이미 그쳐 있었어. 그 이후에 성 밖으로 나갔다면 발자국이 남았을 테지만, 아까 말했듯이 발자국은 남아 있지 않았어."

"그래 맞아. 10이 말한 대로야."

내가 말했다.

"그러니까 사용할 수 있는 도구는 처음부터 성에 있던 빨강, 노랑, 초록, 파랑, 검정 페인트와 유기용제뿐. 흰 페인트는 다 떨어졌고 흰 종이도 없었기 때문에 흰 바탕에 원래 그려져 있던 하트를 더 그리는 방법밖에 없었어. 그렇다고 해도 자신의 몸에 직접 깔끔하게 하트를 그리기는 어렵다고 판단해서 양피지 한가운데에 하트 모양 구멍을 뚫어서 그것을 몸에 대고 페인트를 칠했을지도 몰라. 범행 뒤에 유기용제에 적신 양피지로 페인트를 닦아냈겠지. 그 과정에서 생긴 종이 쓰레기는 전부 부점이 빨아들이게 하면 끝."

"과연, 확실히 가능성 있는 이야기야."

10이 감탄하며 말했다.

"그런데 이 방법으로 9 행세를 할 사람은 한정되어 있어. 당신들 잠깐 일렬로 늘어서 볼래?"

1, 4, 7은 시키는 대로 했지만 다른 트럼프 병사들은 서로의 얼굴만 바라볼 뿐 꼼짝도 하지 않았다.

"어서 움직이지 않고 뭣들 하는 게냐!"

왕이 명령하자 마침내 뭉그적뭉그적 움직이기 시작했다.

결번인 2를 제외한 나머지 아홉 명이 일렬로 늘어섰다.

하트 모양 배열이 일반 트럼프와 똑같았다.

하트 모양을 더 그리는 방법으로 9로 위장하려면 9와 다른 곳에 하트 모양이 있으면 안 된다.

이 조건을 충족하는 자는 세 명.

"1, 4, 5. 이 중 한 사람이 범인이야."

"저는 그런 짓을 하지 않았습니다."

"나도 아니야."

"나도."

세 사람은 입을 모아 부정했다. 나는 대꾸하지 않고 계속 말했다.

"하지만 문제의 붉은 페인트는 창고에 없었지. 1, 4, 7이 사용한 뒤에, 미로 중에서도 사람이 거의 지나다니지 않는 장소, 그것도 덤불 깊숙이 놓아두었으니까. 그곳에 있다는 사실을 모르면 절대로 찾을 수 없을 장소에. 그런데 범인은 그것을 사용했어. 그러니까 범인은 1과 4 중 한 명이라는 뜻이야."

5가 당연하다는 얼굴을 했다.

"그럼 범인은 두 사람 중 누구지……."

1과 4는 이제 아무 말 없이 가만히 내 말을 기다리고 있었다. 두 사람 모두 조금 친해진 터라 가슴이 아팠지만 꾹 참고 말을 이었다.

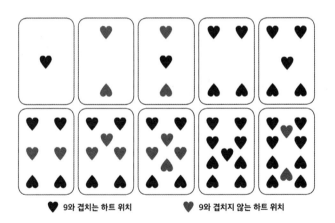

♥ 9와 겹치는 하트 위치　　♥ 9와 겹치지 않는 하트 위치

"누가 봐도 명확해. 한 사람은 가슴에 커다란 흉터가 있으니까. 조례 시간에 코를 훌쩍이는 바람에 여왕에게 베여 생긴 커다란 흉터가. 그런 흉터가 있으면 아무리 하트를 그려 넣어도 정체를 들키고 말 거야. 그러니까 범인이 아니지."

4가 비스듬히 흉터가 난 가슴을 쓸어내렸다.

"남은 한 명…… 1, 당신이 범인이야."

♥

"아니야."

부정한 사람은 1이 아니었다.

뒤를 돌아보니 초승달—체서 고양이가 공중에 떠 있었다.

어느 샌가 트럼프 왕과 병사들과 성은 사라지고 부점 속 같은 텅 빈 공간에 나와 체서 고양이 둘만이 서로를 마주 보고 있었다.

체서 고양이다. 꿈이 아니었어?

그런데…….

"아니라니 무슨 소리야?"

"네 추리가 틀렸다는 말이야."

"뭐라고!?"

"어젯밤 네가 들은 건 3의 목소리지. 누구를 향해 이야기하고 있었을까. '우습게 봐', '완전히 폭발했으니까', '닫아버렸다', '비밀이니까'……. 아무리 생각해도 존댓말은 아니지? 트럼프 병사의 서열은 엄격해서 '자신보다 숫자가 큰 자에게는 존댓말을 한다'는 절대적인 규칙이 있다는 사실은 알고 있지? 즉 3이 말하던 상대는 1이나 2라는 이야기야. 그리고 2는 조례 때 재채기를 한 죄로 처형당했으니 상대는 1이라고 확정할 수 있지."

"그게…… 어떻다는 거야?"

"이상하잖아. 3의 대화 상대가 1이라고 한다면 1은 '9가 성 안으로 들어오지 못하고 있다'는 사실을 범행 전에 알고 있었다는 말이 되지. 그렇다면 알리바이가 성립할 가능성이 큰 9에게 죄를 뒤집어씌우려고 할 리 없어. 자신과 똑같은 한가운데에 하트 모양이 있는 3이나 5인 척하면 그만이니까."

"엇? ……앗."

"그러니까 1도 범인이 아니야."

"그럼…… 어떻게 된 거야. 9로 위장할 인물이 없어졌잖아."

"맞아. 그게 의미하는 건 단 하나. '9가 여왕을 죽이는 것을 목격했다'는 네 증언, 그게 바로 거짓이라는 뜻이지."

"왜…… 내가 거짓말을……."

"그 이유도 하나."

그리고 마침내 진실이 입 밖으로 흘러나왔다.

"네가 여왕을 죽인 범인이니까."

"나는……. 나는 줄곧 유리 요람 안에 있었어. 어떻게 여왕을 죽일 수 있단 말이야."

"너는 늦은 밤에 한 번 유리 요람을 빠져나왔어. 그리고 여왕을 죽이고 다시 유리 요람으로 돌아갔지. 그게 다야."

"그런 급경사는 평범한 사람이라면 못 올라가."

"평범한 사람이라면 말이지. 너는 그때 평범한 사람이 아니었거든."

"평범한 사람이 아니라니……. 그게 무슨 뜻이야……."

"첫 번째 문제에서 네가 먹었던 몸이 커지는 쿠키와 몸이 작아지는 시럽. 흰토끼는 제대로 설명해주려고 했어. 하지만 네가 '그렇게 한꺼번에 말하면 기억하지 못한다'며 말을 끊어서 '쿠키와 시럽은 한……'까지밖에 말하지 못했어. 사실은 '쿠키와 시럽은 한나절이 지나면 효과가 사라진다'고 말하려고 했는데 말이야.

말하려고 했지만 말하지 않았다면 결국 처음부터 말하지 않은 거나 마찬가지니까 불공평하다고? 하하하, 불공평이라는 말은 복선을 찾으려고 노력하지 않는 게 으름뱅이가 으레 하는 핑계지. 힌트는 첫 번째 문제에 두 개나 있었어."

이 체서 고양이, 왜인지 흰토끼처럼 기분이 나빴다. 아니, 그 이상일지도 몰랐다.

"첫 번째 힌트는 '몸이 작아지기 전에 탁자 아래에 쿠키를 확보해놓지 않으면 문제를 풀 길이 거의 막힌다'는 흰토끼의 설명이야. 만약 효과가 떨어지면 '거의'가 아니라 '완전히' 막히게 되지. 그런데 한나절 기다리면 몸이 원래 사이즈인 '중'으로 돌아오니까 탁자 위에 있는 쿠키를 다시 먹을 수 있어서 실효성은 없어. 하긴 그 시점에 제한 시간 중 반은 흘려보내게 되니까 그 이후의 전개가 상당히 어려워지긴 하겠지. 그래서 흰토끼는 '길이 거의 막힌다'고 표현했을 거야."

그때 나도 '거의'가 아니라 '완전히' 막히는 것 아닌가 생각했다. 그러나 교묘한 표현으로 혼란스럽게 하는 줄 알고 흘려듣고 말았다.

"두 번째 힌트는 좀 더 노골적이었지. 여하튼 확실하게 '한나절'이라는 말을 사용했으니까 말이야. 그래, 한나절 정도 시간이 걸린다는 다른 풀이를 말하는 거였어.

지금부터 그 순서를 설명할 텐데, 풀이를 아주 잘 따라와야 해. 이걸 이해하지 못하면 앞으로가 힘드니까 부족한 머리를 최대한 쥐어짜내 보도록.

처음에 시럽을 마시고 몸을 작게 만들어. 1분 후에 쿠키를 먹고 원래 크기로 돌아오지. 5분 후에 시럽을 마시고 다시 작아져.

최종적으로 몸이 작아지는 이유는 첫 번째 시럽과 두 번째 쿠키의 효과가 서로 상쇄되고 세 번째 시럽의 효과만 남아서가 아니야. 첫 번째 시럽과 두 번째 쿠키와 세 번째 시럽의 효과가 전부 살아 있어서 그 상승효과에 의해 몸이 작아진 거야. 즉 단순히 ' - 1'이 아니라 ' - 1+ 1 - 1'이 된다는 뜻이지.

그 상태로 쥐구멍을 빠져나와 옆방으로 가. 그리고 한나절을 기다리는 거야.

한나절이 지나면 가장 먼저 첫 번째 시럽의 효과가 사라지겠지. 네 몸속에는 두 번째 쿠키와 세 번째 시럽의 효과만 남아서 '+ 1 - 1'이 되니까 몸 크기는 원래대로 돌아와. 그래서 탁자 위에 있는 열쇠를 가질 수 있어. 쿠키로 계단을 만든다는 모범답안으로는 만질 수조차 없는 그 열쇠 말이야. 이 열쇠는 몸과 함께 작아졌다 커졌다 하지 않으니까 늦기 전에 쥐구멍 너머 원래 있던 방으로 미끄러뜨려 넣어 놓는 거야.

1분 후, 두 번째 쿠키의 효과가 사라져. 네 몸 크기는 '- 1'이니까 작아지겠지. 그 사이에 쥐구멍을 지나 원래 있던 방으로 돌아오는 거야.

5분 후, 세 번째 시럽의 효과도 사라져. 네 몸은 원래대로 돌아오고 그제야 비로소 네 몸속에 있던 약효 성분이 말끔히 사라져. 그다음에는 조금 전 미끄러뜨려 넣어둔 열쇠를 주워 평범하게 문을 열고 나와 첫 번째 문제를 푸는 거지. 하지만 이로써 제한시간을 반이나 써버리기 때문에 그다음부터 상황이 어려워지는 건 변함없어.

흰토끼가 '한──'이라고 말했을 때 의심스러운 점을 잡아내느냐. 그 의심으로 '길이 거의 막힌다'와 '한나절이 걸리는 다른 풀이'라는 발언을 연결해서, 그 이면에 숨겨진 '한나절이면 효과가 사라진다'는 규칙을 잡아낼 수 있느냐. 그것이 바로 첫 번째 문제의 숨겨진 과제였어. 너는 어젯밤, 네 몸에 실제로 변화가 일어나기 전까지는 깨닫지 못한 것 같지만 말이야.

자, 그럼 다음은 다른 풀이가 아니라 실제로 벌어진 일을 생각해보자고. 첫 번째 문제에서 너는 시럽→쿠키→쿠키→시럽→시럽→쿠키 순서로 먹었지. 한나절 뒤 어젯밤 자정이 지나서 우선 가장 먼저 먹은 시럽부터 효과가 사라졌어. 그러자 시럽의 효과가 사라졌기 때문에 나머지 약효들로 인해 원래 몸 크기인 '중' 상태에서 더 커진 '대'가 됐지. 그 이후로는 중→소→중→대→중 순서로 바뀌었어."

어젯밤 내 몸은 체셔 고양이가 말한 그대로 바뀌었다.

나는 첫 번째 '대' 상태일 때 깨어났다. 거인이 된 나는 새우처럼 등을 구부린 상태로 하트 왼쪽 곡선 부분에 꽉 끼어 있었다.

바로 눈앞에 유리가 있었다. 그러나 유리 요람과 여왕의 침실을 가로막고 있는 유리벽은 아니었다. 통층 쪽에 달려 있는 붙박이창의 유리였다.

그곳에서 9의 모습을 봤다. 그는 여왕의 방에서 검을 휘둘렀던 것이 아니다. 회랑에서 검술 훈련을 하고 있던 것이다.

무엇보다 나는 순간 무슨 일이 일어났는지 이해하지 못했다.

어째서 9가 이런 곳에…….

그러나 곧 무슨 까닭인지 자신의 몸이 커졌다는 사실을 깨달았다. 큰일 났다. 엄청난 일에 나는 의식을 잃었다.

그리고는 몸의 크기가 '소'가 되었을 때 다시 정신을 차렸다. 그제야 몸이 작아진 이유가 사라진 약효 때문일 것이라고 추측할 수 있었다. 그와 동시에 범행을 결심했다.

다른 풀이

시럽 / 쿠키 / 시럽   쿠키 / 시럽   시럽

옆방으로   열쇠 회수   원래 방으로

시럽 쿠키 쿠키 시럽 시럽 쿠키
쿠키 쿠키 시럽 시럽 쿠키
쿠키 시럽 시럽 쿠키
시럽 시럽 시럽
시럽 시럽
쿠키

→ → → → →

첫 번째 　　9를 목격 후 　의식 회복 후 　　유리 요람 　여왕 살해
문제 종료 　　기절 　　　범행 결심 　　　탈출
~
다섯 번째
문제 도중

　두 번째로 '대' 상태가 되었을 때 기회를 놓치지 않고
통층 위로 기어 나와 탈출했다.

　'중'으로 돌아온 뒤에 회중시계의 라이트 기능에 의지
해 미로정원을 걷기 시작했다.

　여왕의 방은 유리 요람 반대쪽에 있으니 실내 정원 층
오른쪽 끝으로 가면 되지 않을까. 막연히 가정하고 걸
었는데 빙고였다.

　나는 벽에 장식되어 있던 검으로 여왕을 죽였다.

　유리 요람으로 돌아올 때는 통층으로 뛰어내려 쿠션
이 있는 경사면을 미끄러져 내려왔다.

　마음속으로 이미 자백을 했음에도 나는 여전히 체서

고양이의 말꼬리를 물고 늘어졌다.

상대가 어디까지 알고 있는지 알고 싶은 것도 탐정의 습성 때문일까.

"내가 여왕을 죽일 이유가 있어? 운 좋게 유리 요람을 탈출했으니 그대로 도망치면 되는데."

"흰토끼와 만나고 싶었잖아?"

"어, 어이가 없네! 누가 그 녀석을 만나고 싶어 한다는 거야."

"너희들 술래잡기를 하고 있잖아. 너는 그를 터치해야 하고. 하지만 흰토끼는 성에 상주하지 않고 재판이 열릴 때만 오지. 그래서 너는 생각한 거야. 재판을 열리게 하면 된다고. 그러려면 살인사건을 일으키면 된다고 말이야.

하지만 자신이 의심을 받으면 구속되어서 흰토끼를 터치할 수 없게 되지.

누군가 다른 용의자를 만들어내야 했던 거야. 너는 처음에 9를 선택했어. 9는 3에게 여왕에 대한 불만을 토로하며 암살을 부추겼으니까. 3이 그것을 폭로하리라 기대했을 거야. 그리고 범행 직전에 9의 모습을 봐서 연상 게임 같은 심리가 발동했을지도 모르지.

아무튼 너는 9에게 누명을 씌우려고 '9가 여왕을 죽이는 장면을 목격했'고 거짓말을 했어. 물론 9는 부인하겠지만 너도 밀리지 않으면 재판에 회부될 수밖에 없다고 생각했겠지. 네 최종 목표는 어디까지나 재판을 열리게 해서 흰토끼를 불러들이는 것이었지 9가 유죄 판결을 받게 만드는 게 아니었으니까 말이야. 구실만 만들어도 충분하다고 생각한 거야.

하지만 9가 회랑에서 오도 가도 못 하게 되었던 점은 완전히 계산 착오였지. 통층의 붙박이창 너머로 본 것만으로는 9가 문이 닫혀 들어오지 못한다는 사실을 알 수 없으니까. 9에게는 알리바이가 있고 범인이 될 수 없게 됐어.

상황이 이렇게 되자 너는 대담하게도 계획을 변경하기로 했어. 지금까지 자신이 봤다고 주장한 9는 사실 9로 가장한 진범이었다고 주장하기 시작한 거야. 순간에 그런 생각을 해내 별도의 '진범'까지 조작해낸 건 역시 머리가 좋다고 할까. 하지만 3의 대화 상대가 1이었던 점을 간과해서 마무리가 어설퍼졌지.

9를 보긴 했지만 그 9가 여왕을 죽이는 장면을 봤다는 건 거짓말이야. 1이 붉은 페인트를 이용해 9로 변장했다는 것도 거짓말이지. 이 모든 것은 재판을 열어 흰토끼를 불러들이기 위한 쇼였어. 흰토끼가 이 술래잡기는 두뇌 회전이 얼마나 빠르냐를 시험하는 것이라고 말해서 너도 이것저것 생각한 모양이구나. 하지만 그 시점에서 이미 덫에 걸려든 거야.

이 게임의 진짜 목적은 네가 하트 여왕을 죽이도록 하는 거였어.

계획대로 너는 여왕을 죽였지.

네 어머니까지 죽인 거야."

♥

딱. 손가락을 튕기는 소리에 눈을 떴다.

나는 탁자 위에 엎드려 있었다.

여기는……?

우리집 오두막이다.

저택 부지 안 숲속, 나무가 없는 공간에 지어진 오두막. 가끔 아버지에게 탐정 수업을 받던 오두막. 이그리트와 '화이트 래빗'과 만난 오두막.

그래, '화이트 래빗'. 가상현실 체험기기.

나는 이그리트가 준 토끼 귀 모양 헤드기어를 쓰고 알

약을 먹은 뒤 점점 정신을 잃어…….

다시 정신을 차려보니 〈앨리스〉의 세계에 있었다.

그 이후로 지금까지 계속 흰토끼와 두뇌 게임을 했다.

오두막에는 어둠이 옅게 깔려 있었다. 불이 꺼지고 커튼이 쳐져 있었다. 그러나 커튼을 지나 밝은 햇빛이 비치는 것을 보면 확실히 밤은 아니었다.

시각 외에 다른 감각들도 점점 돌아왔다.

촉각. 온몸이 끈적끈적하고 축축하다. 머리에는 토끼 귀 모양 헤드기어가, 허리 오른쪽에는 무언가 딱딱한 것이 있었다.

후각. 쇳내가 코를 찔렀다.

이상하다.

나는 상체를 일으켰다.

그 움직임에 토끼 귀가 벗겨졌다. 아니, 상체를 일으킬 때 토끼 귀만 벗겨져 탁자 위에 남아 있었다. 탁자 이곳저곳이 검붉게 말라붙어 있었는데 토끼 귀 끄트머리가 그것과 함께 탁자에 달라붙어 있던 것이다.

이 얼룩은 도대체……?

그러나 그것에 대해 생각할 여유는 없었다. 그보다 더 기이한 광경이 시야에 들어왔기 때문이다.

이 오두막은 문, 의자, 탁자, 의자, 침대, 창문이 일직
선상으로 놓여 있다. 나는 문에 가까운 쪽에 있는 의자
에 앉아 있었다. 그리고 침대 옆 바닥에 어머니가 쓰러
져 있었다.

그런데 머리뿐이었다. 몸통이 없었다. ……아니, 있
다. 몸통은 침대 위에 천장을 향해 누워 있었다. 이상하
게도 머리와 몸통이 각각 따로 있었던 것이다.

"엇?"

나는 다시 한번 살펴보기로 했다.

어머니의 머리는 침대 옆 바닥에 놓여 있었다. 마치
바닥에서 자라난 것처럼 우뚝 서 있었다. 나를 향해서,
마치 잠을 자고 있는 듯 눈을 감은 채로.

몸통은 커튼 사이로 새어 들어오는 햇빛이 비추는 침
대 위에 천장을 향해 누운 상태였다. 오두막의 벽을 장
식하고 있던 손도끼가 매트리스에 꽂혀 있었는데, 왼쪽
날에는 몸통 경부 절단면이, 오른쪽 날에는 붉은 것을
머금은 베개가 닿아 있었다. 어머니가 아침 식사 때 입
고 있던 옷의 소맷부리로 유령처럼 새하얀 양손이 빼꼼
히 보였다. 저렇게나 창백한 이유는 피를 전부 흘렸기
때문이겠지.

오두막 안은 피투성이였다. 내 몸도 온통 피투성이였다. 탁자 위도 마찬가지. 토끼 귀와 함께 탁자에 눌러붙어 있던 것도 반쯤 마른 피였던 것이다.

"이게 뭐야. 이게 뭐냐고!!!!!!!!"

어떤 상황인지 전혀 모르겠다. 그런데 눈에 익었다. 하트 여왕의 살인 현장. 그때는 출혈이 없었다. 그러나 사체와 흉기가 놓인 위치는 매우 흡사했다.

체셔 고양이가 마지막으로 했던 말.

—이 게임의 진짜 목적은 네가 하트 여왕을 죽이도록 하는 거였어. 계획대로 너는 여왕을 죽였지. 네 어머니까지 죽인 거야.

내가, 어머니를, 죽였다고?

어째서…… 아니, 만약 정말로 내가 죽였다면 동기는 분명하다.

하지만 나는 죽인 기억이 없다…….

그때 탁자 위에 복사 용지 여러 장이 놓여 있는 것을 발견했다. 그곳에는 이런 편지가 인쇄되어 있었다.

친애하는 앨리스에게

생일 축하해! 생일선물은 마음에 들었어? 물론 네가 줄곧 미워하던 어머니의 사체 말이야.

그래도 죽인 사람은 너야. 내가 제공한 건 기회였지.

우선 내 소개부터 하지. 처음 만났을 때 코모란트 이그리트 라고 소개했는데, 그건 가명이야. 본명은 쿡 드레이크. 네 아버지에게 복수하려는 사람이지.

23년 전, 내 아버지가 살해당했어. 죽인 사람은 네 아버지……는 아니야. 범인은 내 어머니였어. 하지만 그때 나는 그 사실을 몰랐지. 모른 채 어머니와 둘이 행복하게 살고 있었어.

20년 전, 한창 인기 많은 탐정이었던 네 아버지가 우리 앞에 나타났어. 그놈은 누가 부탁한 것도 아닌데 자신의 이름을 알리려고 아버지의 사건을 조사하기 시작했고, 어머니가 범인이라는 진실을 알아냈어. 그리고 그 추리를 어머니 앞에서 득의양양하게 지껄여댔지.

결국 어머니는 자살했어.

나는 그놈에게 따졌어. 그러자 그놈은 전혀 기가 죽지 않은 채 이렇게 말했어.

"사람은 거짓을 바탕으로 만들어진 세상에서는 살아갈 수 없어. 자네는 진실을 알아야만 했네"라고.

진실이라고? 웃기게도 나는 그런 거 원한 적 없거든. 나는 그저 어머니와 살고 싶었을 뿐이야. 영원히 평화롭게 살고 싶었을 뿐이라고. 거짓을 바탕으로 만들어진 세상이라도 좋았어. 그것을 그놈이 빼앗아간 거야.

나는 복수를 결심했어.

하지만 그때는 아직 열 살짜리 꼬맹이였지. 힘으로도 머리로도 이길 수 없었어. 나는 힘을 기르기로 했어.

그리고 10년이 지나고…… 20년이 지나…….

나는 무기를 손에 넣었지.

바로 '화이트 래빗'.

이 가상현실 체험기기는 원래 부모님과 함께 살았던 '거짓으로 만들어진 세상'을 재현하려고 내가 혼자서 개발한 거야.

……이런 말을 내 입으로 하면 소름 끼치지? 하지만 복수를 다짐한 사람의 속은 대부분 진창과 같아. 질척거리고 시커멓지. 그런 내가 흰토끼와 똑같이 생긴 알비노라는 점은 실로 얄궂지.

이야기는 이쯤 하고.

자, '화이트 래빗'이 보여준 영상은 기본적으로 전기신호가 뇌에 작용함으로써 보게 되는 환상이야. 하지만 그동안에도 실제 눈은 무의식중에 현실의 물체를 담고 있으며 그 시각 정보를 가상현실에 적용시킬 수도 있지.

나는 그 점을 이용해서 복수해야겠다고 생각했어. 그놈의 가족들을 조종해서 서로 죽이게 만들어야겠다고. 그렇게 가족에게 가족을 잃은 내 기분을 알게 해줘야겠다고 말이야.

나는 네 가족들을 조사하기 시작했어. 너희 집에서 근무하는 고용인들과도 접촉했지. 내 입으로 말하기는 뭣하지만, 나는 하얗고 외모도 괜찮으니까. 여러 가지 정보를 들었어.

그중에서 하나, 쓸 만한 정보가 있었지.

앨리스 네가, 네 '명탐정이 되고 싶다'는 꿈을 방해하며 교육열을 올리는 어머니를 미워한다는 사실이었어. 이 정보를 듣는 순간 '그놈의 딸'이 '그놈의 아내'를 죽이게 만들자는 계획을 세웠지.

'화이트 래빗'도 최면술과 같아서 그 사람이 바라지 않는 것을 억지로 시킬 수는 없어. 살인 정도 되면 처음부터 상당한 악감정을 갖고 있지 않은 이상 조종할 수 없지. 그래서 어머니를 미워하는 네가 안성맞춤이었어.

게다가 네가 〈이상한 나라의 앨리스〉의 열렬한 팬이자 어머니를 하트 여왕 같은 존재라고 생각한다는 사실도 알았지. 그래서 나는 네가 가상현실에 몰입하기 쉽도록 〈이상한 나라의 앨리스〉를 모티브로 게임을 만들었어.

우선 어머니의 얼굴을 한 여왕을 등장시키고 네가 그녀를 죽일 수밖에 없는 상황으로 몰아갔지. 그다음에는 현실의 어머니의 모습을 가상현실과 오버랩시켜서 혼동하도록 했어. 네가 가상현실에서 여왕을 죽일 때 현실에서는 실제로 어머니를 죽이게 하는 계획이었지.

어젯밤, 나는 네 침실에 몰래 숨어들어 '늘 가는 그 오두막으로 가렴'이라고 적은 가짜 편지를 놓아두었어. 너와 네 아버지가 이 오두막에서 자주 탐정 수업을 한다는 사실은 이미 파악해뒀으니까.

너는 어슬렁어슬렁 오두막으로 왔어. 오두막에 커튼을 쳐놓은 이유를, 나는 알비노 때문에 햇빛에 약하기 때문이라고 설명했지. 거짓은 아니었지만 가장 큰 이유는 물론 밖에서 안이 보이지 않게끔 차단하기 위해서였어.

나는 네게 헤드기어와 알약을 건네며 〈앨리스〉의 세계로 초대했어. 기본적으로 등장인물은 모두 AI지만 목적을 확실하게 이루려면 섬세한 유도가 필요했기에 흰토끼는 내가 직접 조종하기로 했지. 일정 거리 내에 있다면 '화이트 래빗'을 사용하는 복수의 플레이어는 가상현실 안에서 서로 접촉할 수 있으니까. 즉 멀티플레이라고 할 수 있지.

목표는 네가 여왕을 죽이도록 만드는 것이었어. 하지만 게임을 시작하자마자, 아직 게임에 몰입하지 않은 네게 "자, 여왕을 죽이세요"라고 말해봤자 먹히지 않겠지. 그래서 네가 게임에 몰입하고 여왕을 싫어하도록 첫 번째 문제부터 네 번째 문제까지 준비해두었지.

그 네 개의 수수께끼를 푸는 동안 네가 실패하면 티 나지 않게 조언을 할 생각이었지만 다행히도 네가 똑똑해서 순조롭게 진짜 목적이었던 다섯 번째 문제에 다다랐어.

그리고 네가 여왕을 죽일 동기가 필요했어. 첫 번째, 흰토끼를 터치하기 위해 살인사건을 일으키는 것. 하지만 이것은 네게 단순한 핑계일 뿐, 사실은 두 번째 동기가 중요했지. 그것은 마치 현실의 어머니처럼 네 탐정 활동을 방해하는 여왕을 미워하는 것이었어. 앞에서 적었듯이 '화이트 래빗'은 그 사람이 바라지 않는 것을 억지로 시킬 수는 없어. 그러니까 네 마음속 심연에는 어머니를 죽이고 싶다는 생각이 도사리고 있던 거야. 탐정이 되고 싶다는 꿈을 방해하는 어머니를 말이야.

하트 성에서의 재판이 끝난 뒤에 흰토끼가 일단 퇴장했지? 그때 나는 가상현실에서 현실세계로 돌아와서 저택 본관에 있던 네 어머니를 만나러 갔어. 너희 학교에서 실시하는 가정

방문인 척하고 말이야. 그리고 틈을 노려 홍차에 수면제를 탔지. 깊은 잠에 빠진 그녀를 이 오두막으로 옮겨와 침대에 뉘였어. 그리고 네 어머니와 하트 여왕을, 오두막에 걸려 있던 손도끼와 여왕의 방에 장식되어 있던 검을 서로 겹쳐 보이게 꾸몄지. 흉기는 내가 준비해도 되지만 직접 옮기는 것은 위험하니까 말이야. 사전 조사 차 이 오두막에 왔을 때 마침 딱 적당한 것이 장식되어 있기에 고맙게 사용했지.

내가 준비를 마쳤을 때, 너는 쿠키와 시럽의 효과가 사라져 유리 요람을 탈출했어. 그것도 '이 트릭을 이용해서 여왕을 죽이고 흰토끼를 유인하는 것이 술래잡기의 승리법'이라고 믿게 해서 살인을 부채질하려는 장치였지. 덧붙여서 첫 번째 문제에서 네가 쿠키와 시럽을 먹는 순서에 따라 몸이 크고 작아지는 순서가 달라지지만 모든 패턴에 대응할 수 있도록 하트 성의 지도를 여럿 준비해 두었지.

계획은 성공했고, 너는 검을 잡았어. 침대 위에 누워 있는 여왕─너를 양자로 들였다고 설정된 여왕에게 검을 내리칠 때 너는 이렇게 소리쳤어.

"당신 같은 건 내 어머니가 아니야!"

굉장했지. 일격이었어. 너는 일격에 머리를 자른 거야. 잘려서 휙 날아간 머리는 절단면이 바닥에 닿으면서 깔끔하게 떨어졌어. 그것참 장관이었지!

물론 확실하게 녹화해두었어. 나중에 네 아버지에게 보낼 예정이야. 그놈은 어떤 표정을 지을까. 그 장면을 보지 못하는 것이 한이야.

아, 앨리스. 자칭 수수께끼를 죽이는 명탐정이라면 이 궁지에서 벗어날 방법을 찾아보는 것이 어때? 뭐, 무리겠지만 말이야.

오늘이 네게 최악의 하루가 되길 바라며.

복수의 화신 쿡 드레이크가

뭐야, 이 드레이크라는 남자. 이건 그냥 혼자 착각해서 엉뚱한 원한을 품은 거잖아. 아버지가 한 일은 틀리지 않았다고! 살인자가 법의 심판에서 도망쳤다면 그것을 밝혀내는 것이 당연하잖아. 그야 결국 범인이 자살하고 만 것은 유감이지만 자업자득이라고도 할 수 있고……

하지만 그런 유치한 복수가 통하고 말았다. 가족이 같은 가족에게 살해당하는 기억을 아버지에게도 새기는 복수.

내가, 어머니를, 죽이도록, 만들었다.

나는 분명 줄곧 어머니를 미워했다……. 때로는 친어머니가 아닌 걸까 의심하기도 하고, 때로는 죽이고 싶다는 생각까지 들 때도…….

하지만 정말로 죽이고 만 것일까.

내가 어머니를…….

그런 일은 불가능하다고 생각했다.

하지만 현실이다.

이 궁지에서 벗어날 방법을 찾아보라고? 그런 방법이 있을 리 없잖아. 수수께끼를 죽이는 명탐정은 한낱 살인자로 전락했다.

나는 진 것이다.

…….

…….

…….

…….

그때, 무언가가 조용히 울리기 시작했다.

처음에는 무슨 소리인지 몰랐다.

소리가 점점 커졌다.

주머니다. 내 허리 오른쪽에 있는 주머니 안에서 울리고 있다.

주머니 속을 들여다봤다. 어째서인지 가상현실에서 계속 들고 걸었던 회중시계가 들어 있었다. 그것은 온몸을 떨면서 자명종 같은 소리를 내고 있었다.

뚜껑을 열어보았다. 뚜껑 뒷면에 있는 하트 모양 칩을 끼우는 구멍은 다섯 개 중에 네 개만 채워져 있었다. 희푸르게 빛나는 시계바늘은 XII 를 가리키고 있었다.

흰토끼의 말이 머릿속에서 되살아났다.

―시침이 앞으로 두 번 XII 를 가리키면 회중시계가 울릴 거야. 그게 게임이 끝났다는 신호야.

게임이 끝났다는 신호?

그때 뒤에서 목소리가 들렸다.

"시끄러우니까 빨리 끄렴. 시계 위에 있는 버튼을 누르면 돼."

뒤를 돌아봤더니 어머니의 머리가 말하고 있었다.

♣ 에필로그 ♣

갑자기 바닥이 들썩였다. 어머니는 바닥 밑에 몸을 숨기고 있었다. 바닥에 구멍을 낸 거야? 구멍 아래로 몸을 숨기고 머리만 위로 내밀어놓았던 거야?

도넛 모양으로 도려낸 마루를 목에 매단 어머니가 다가와 내가 들고 있는 회중시계를 낚아챘다. 어머니가 시계 위에 달린 버튼을 누르자 소리가 그쳤다.

나는 어머니를 쏘아보았다.

"살아 있었어요?"

"아쉬운 것 같구나."

"아니, 그런 건 아닌데……."

어머니는 하트 모양 칩이 네 개만 박혀 있는 회중시계의 뚜껑 뒷면을 여봐란 듯 보여주었다.

"다섯 번째 문제를 못 풀었네. 네가 졌어."

"다섯 번째 문제라니, 그건 그냥 게임이잖아."

"왜 마음대로 게임을 끝내지? 제한시간은 회중시계가 울릴 때까지라고 처음에 흰토끼가 설명했잖아."

나는 깜짝 놀랐다. 현실세계에 돌아와서도 게임은 계속되고 있었다고……?

어머니가 말을 이었다.

"그리고 체셔 고양이는 이렇게 말했지. 다섯 개의 문제에는 공통점이 있다고."

그래, 공통점. 도대체 무슨 공통점이었을까?

"첫 번째 문제에서는 이미 사라진 줄 알았던 쿠키와 시럽의 효과가 '사실은 몸 안에 살아 있었다'. 두 번째 문제에서는 사산한 줄 알았던 공작부인의 아기가 '사실은 살아 있었다'. 세 번째 문제에서는 범인에게 살해당한 모자 장수가 잠쥐를 테니스공처럼 겨드랑이에 끼고서 '사실은 살아 있었다'. 네 번째 문제에서는 험프티가 추락사한 줄 알았던 시점에는 저녁노을과 섞여 보이지 않았을 뿐이니 '사실은 살아 있었다'. 그렇다면 다섯 번째 문제도 죽었을 인물이 '사실은 살아 있었다'고 전개된다는 것을 쉽게 예상할 수 있었을 거야."

"어머니는 '사실은 살아 있었다'……."

"그렇지. 다섯 문제의 공통점은 '사실은 살아 있었다'

야. 원작에서 하트 여왕이 목을 베라고 명령했던 대상들이 사실은 한 명도 죽지 않았던 것처럼."

"그럼, 그것도……."

나는 햇빛이 비추는 침대 위의 몸통을 봤다.

어머니가 말했다.

"이상한 나라의 안테나를 기억하니?"

"흰토끼의 귀가 가리키는 방향에 내가 찾는 수수께끼가 있다……."

"그 점을 떠올렸다면 다섯 번째 문제도 풀 수 있었을 거야."

"하지만 현실세계에는 흰토끼가 없는데……."

"흰토끼의 귀는 있잖니."

"응?"

"당연히 '화이트 래빗'을 뜻하는 거잖아. 지금 피가 섞인 접착제로 탁자에 붙어 있는 그거. 그 끝이 향한 방향에 뭐가 있지?"

이 오두막은 문, 의자, 탁자, 의자, 침대, 창문이 일직선으로 늘어서 있다.

눈을 떴을 때 나는 문에 가까운 의자에 앉아서 탁자에 엎드려 있었다. 그리고 내가 상체를 일으켰을 때 토끼 귀가 벗겨져 탁자 위에 남겨졌다.

그러니까 토끼 귀 끝은 줄곧 한 방향만 가리키고 있었다. 마치 이상한 나라의 안테나처럼.

그 방향에는…….

"침대와 창문이 있어."

"그리고 침대 위에는 머리가 없는 사체가 있지."

"그럼 저 몸통이 수수께끼란 말이에요?"

"그래. 다섯 번째 문제에서 네가 찾아야만 하는 것은 뭐였지?"

"흰토끼를…… 터치해서 '잡았다'고 말해야……."

하트 여왕 살해는 흰토끼가 출제한 것이 아니라 내 자작극이었기에 당연히 다섯 번째 문제와는 관계가 없다.

어머니는 내 대답을 조금 정정했다.

"정확하게는 '나'를 터치해서 '잡았다'고 말하는 것이었지. 흰토끼는 드레이크가 조종하고 있었으니까 '나'라는 대명사는 드레이크 자신을 가리킨다고 해석할 수 있어. 네가 현실세계에 돌아오고 나서는 드레이크의 몸을 터치하고 '잡았다'고 말하면 됐어."

"그런 거였어? 저 몸통이 드레이크 씨였어……!"

보름 전, 아버지와 어머니가 대화 도중 코모란트 이그

리트의 이름을 꺼냈던 일이 떠올랐다. 그때 이 이벤트를 짜고 있었음에 틀림없다. 이그리트 혹은 드레이크는 분명히 아버지나 어머니의 친구이자 발명가인지 뭔지일 것이다.

그도 어머니와 똑같이 '사실은 살아 있었다' 상태겠지. 매트리스에 꽂힌 손도끼의 왼쪽 날에 몸통 경부 절단면이, 오른쪽 날에는 붉게 물든 베개가 밀착되어 있었다. 손도끼 날에는 사실 구멍이 뚫려 있어서 그곳을 통해 머리를 빼낸 다음 피를 머금어 빵빵해진 것처럼 가장한 베개 안에 머리를 숨기는 수준 낮은 트릭일 것이다.

나를 속이려고 어머니의 옷까지 입고서. 소매부리로 보이는 양손이 새하얀 이유는 피가 모조리 빠져나가서가 아니라 그가 알비노였기 때문이다.

그래, 아버지도 말했지 않은가. 쓰러져 있는 사람을 발견하면 아직 살아 있을지 모른다고 의심하라고.

나는 침대로 비척비척 걸어가 몸통을 내려다봤다.

이것을 터치하고 "잡았다"고 말하면 내 승리였다니. 분하다. 결승선이 바로 눈앞에 있었는데……!

다섯 문제의 공통점을 간파했다면.

토끼 귀가 어색하게 붙어 있던 것부터 접착제, 그리고 이상한 나라의 안테나를 재현하려는 의도를 미리 알아챘다면.

아니, 적어도 주머니 속에 있는 회중시계를 발견하기만 했어도. 그랬다면 가상현실의 아이템이 현실세계까지 넘어왔다는 점에 위화감을 느꼈을 것이다. 뚜껑을 열면 하트 칩이 네 개밖에 끼어 있지 않다는 점도, 아직 다섯 번째 문제가 끝나지 않았다는 사실도 힌트가 되었겠지.

눈을 뜨자마자 곧바로 오른쪽 주머니에 무언가 딱딱한 것이 들어 있다는 느낌을 받았다. 게임 중에 회중시계를 항상 오른쪽 주머니에 넣어뒀으니까 그것이 회중시계라는 사실을 눈치채도 이상하지 않았을 테다. 하지만 그 후 바로 눈앞에 펼쳐진 참상에 정신을 빼앗기고 오른쪽 주머니의 감촉을 잊고 말았다.

분해!

허리를 굽혀 드레이크의 어깨를 흔들었다.

"완패예요, 드레이크 씨. 전혀 눈치도 못 챘어요."

몸통이 칼날을 벗어나 주르륵 미끄러졌다.

손도끼에 구멍 따위는 뚫려 있지 않았다.

몸통에 머리 따위는 붙어 있지 않았다.

썩은 호스 같은 식도가 시트 위에 축 늘어졌다.

나는 비명을 질렀다.

"아, 드레이크는 '사실은 죽었다'야."

어머니가 매우 산뜻하게 말했다.

"드레이크가 죽은 척할 생각이었으면 침대 위는 절대 선택하지 않았겠지. 왜냐면 그는 알비노니까. 알비노를 앓고 있는 사람이 저렇게 커튼 사이로 햇빛이 들어오는 창문 옆 침대에서 목과 손을 노출시킨 채 장시간 가만히 있을 수 없잖니. 죽었으니까 할 수 있는 대담한 짓이라고."

듣고 보니 확실히 일리가 있었다!

그런데.

드레이크는 왜 죽었을까.

"설마 내가 '화이트 래빗' 때문에 이상해져서 죽인 거야!?"

"아니, 내가 죽였어."

어머니가 죽였다고?

어머니는 내 눈을 지그시 바라보며 말했다.

"앨리스, 너도 이제 열 살이 됐으니 장래를 진지하게 고민해야 한단다. 이번 게임은 생일선물이기도 하지만 네 적성검사이기도 해.

하트 여왕 살인사건에서는 3의 대화 상대가 1이라는 사실을 깨닫지 못하고 1을 범인 후보에서 제외하지 못했어. 다섯 문제의 공통점도, 주머니 속 회중시계도 눈치채지 못했지. 몇 번이나 말하지만. 앨리스, 너는 탐정으로서 재능이 없단다."

"……."

"하지만 승부를 위해서라면 엄마의 얼굴을 한 여왕이라도 주저 없이 죽여버리는 그 냉철함이나, 그리고 나서 트럼프 병사에게 죄를 뒤집어씌우려는 순발력은 아주 훌륭했단다. 그러니까 너는 역시 이 엄마처럼 킬러가 되려무나."

그래, 어머니는 킬러다. 그리고 딸인 나도 킬러로 키우려고 교육에 열정을 불태우고 있다.

오늘 아침 받은 생일선물도 심했다. 두꺼운 참고서가 다섯 권이나. 그런데 어머니는 학교 성적에는 관심이 없으므로 학생용 참고서가 아니었다. 킬러의 자서전이니 칼을 다루는 기술서니 독약 사전이니 하는 무서운 책들뿐이었다. 평소에 그런 책들만 읽어온 나는 평범한 열 살짜리 아이라면 알 수 없을 법한 단어들도 많이 알아버렸다.

생일뿐 아니라 평소에도 틈만 나면 이상한 일을 꾸몄다. 전에는 주의력을 높이는 훈련이라며 오믈렛에 겨자를 뿌린 적도 있다.

그래서 나는 어머니가 너무 싫다.

"싫어. 킬러 같은 건 절대 안 될 거야."

"자자, 그런 소리 말아. 킬러는 네가 생각하는 것보다 훨씬 좋은 직업이라고. 탐정보다도 훨씬 '안정적인 직업'이야."

"맨날 그런 소릴 하는데 킬러가 '안정적인 직업'이라니 그게 말이야? 방귀야?!"

"이거 봐, 통계 자료도 있다고."

어머니는 주머니에서 그래프가 그려진 종이 한 장을 꺼냈다.

"자, 봐. 탐정보다 킬러가 평생 수입이 몇 배나 좋잖니. 이건 탐정에게는 경찰이라는 압도적인 경쟁사가 있는 반면 킬러에게는 그런 게 없기 때문이지."

"아무리 수입이 좋다고 해도 위험한 직업을 '안정적'이라고 말하지는 않아요."

"그게 그렇지도 않아. 자, 이번에는 이 그래프를 보렴.

사망률도 킬러가 더 낮다고. 탐정은 정의감으로 움직이니 상대를 죽이지 않고 잡기만 하려는 데 비해 킬러는 서슴지 않고 죽일 수 있으니까……."

"아니, 그 이전의 문제라니까. 애초에 나는 킬러가 되고 싶지 않다고요!"

사람은 죽으면 아무것도 아닌 존재가 된다. 모자 장수처럼 수수께끼의 답도 듣지 못하게 된다. 그러니까 사람을 죽이면 안 된다.

"하지만 넌 하트 여왕을 죽였잖니."

"그건! 게임이니까……."

"현실에서도 통할 살인 솜씨였는데 말이야. 모처럼 타고났는데 재능이 아까워."

그때 누군가 오두막의 문을 두드렸다.

"끝났어요?"

아버지다!

"끝났어요."

어머니가 말하며 문을 열었다.

안으로 들어온 아버지는 어머니와 포옹하며 양 볼에 키스했다. 나는 시선을 돌렸다. 명탐정과 명킬러(아무튼 의뢰가 많다는 것 같다)로, 본래 적대시해야 할 관계인데 왜 이렇게 사이가 좋을까. 두 사람의 연애담을 들어 보면 일적으로 몇 번 대결하는 동안 서로에게 끌렸다는 것 같던데…….

아버지는 침대 위에 있는 머리 없는 사체를 보고 "엇!" 하고 큰 소리를 냈다.

"저거, 드레이크?"

"응. 의뢰한 대로 제대로 죽였어요."

"역시 프로네! 고마워. 수고했어요."

"천만에요."

응? 의뢰한 대로?

그렇다는 이야기는, 설마…….

보름 전 아버지와 어머니가 이그리트의 이름을 말한 이유는 살인을 청부하기 위해서였어!? 그때 건넨 다이 아몬드는 의뢰비용이었던 거고!?

설마 그럴 리가…….

아버지가 킬러인 어머니의 직업을 묵인하고 있다는 사실은 알고 있다. 하지만 설마 아버지가 어머니에게 살인을 청부하다니!

"왜 그런 거야! 어째서 명탐정인 아버지가 살인 청부 를 한 거냐고요!"

아버지는 한 점 부끄러움도 없다는 듯 나를 똑바로 응시했다.

"좋은 기회니까 앨리스도 알아두면 좋겠구나. 탐정의 한계를."

"한계⋯⋯?"

이럴 수가⋯⋯. 아버지가 스스로 한계라는 말을 쓰다니⋯⋯.

아버지는 탁자 위에 놓인 드레이크의 편지로 눈길을 돌리며 말했다.

"이 편지는 네 엄마가 만든 것이란다."

"진짜!?"

그러고 보니 이미 인쇄된 편지에 '내가 단번에 목을 베었다'는 오늘 우연히 일어난 일이 적혀 있는 점이 이상하다고는 생각했다. 이 편지가 언제 인쇄되었느냐가 문제였다. 이 모순은 편지가 위조된 것이라는 걸 가리키는 힌트였을지도 모른다.

그런데도 아직 전체적인 사건의 틀은 보이지 않았다. 어머니는 왜 이런 편지를 만들었을까. 쿡 드레이크 혹은 코모란트 이그리트라는 자는 누구인가. 아버지는 왜 그를 죽여 달라고 부탁했을까.

아버지가 말했다.

"그 편지에 적힌 내용은 대부분 진실이다. 20년 전, 아직 미숙했던 나는 명성을 쌓으려고 과거의 사건에 깊이 몰두했고 드레이크의 어머니를 자살로 몰아넣고 말았지. 소년이었던 드레이크는 격분했고 언젠가 복수하겠다고 내게 선언했어."

"하지만 그건 엉뚱한 복수심이라구. 아버지는 옳은 일을 했어요."

나는 필사적으로 변호했다. 아버지는 고개를 끄덕였다.

"그건 그래. 이 아빠도 내가 잘못했다고는 생각하지 않는단다. 다만 좀 더 다른 방법이 있지 않았을까 생각은 하지만 말이야."

아버지는 순간 안타까운 눈빛을 하고는 말을 이었다.

"그렇다고 드레이크에게 복수를 당할 이유는 없지. 그때 당시 드레이크는 언젠가는 반드시 복수하겠다는 눈빛을 하고 있었거든. 그래서 나는 그를 경계했어. 그가 20년 동안 나를 원망해온 것처럼 나도 줄곧 그를 감시해왔지.

그래서 이번 계획을 미리 알아차릴 수 있었어. '화이

트 래빗'으로 앨리스를 조종해 네 엄마를 죽이게 하는 무서운 계획을 정말로 실행하려고 했던 거야.

실제로 우리집 고용인들에게도 접촉했던 모양이야. 하지만 그들은 가장 중요한 정보를 모르지. 네 엄마가 킬러라는 사실 말이야."

고용인 중 누군가에게 발설한다면 그 고용인을 죽이겠다. 예전부터 어머니는 그렇게 말하며 내 입단속을 했다. 하지만 그런 말을 하지 않아도 어머니가 킬러라는 이야기는 부끄러워서 입이 찢어져도 말할 수 없다. 그래서 고용인들은 단순히 스파르타 교육 때문에 내가 어머니를 싫어한다고 생각한다.

"킬러라는 비장의 카드로 드레이크에게 역공해야겠다, 그것밖에 가족을 지킬 방법이 없다고 판단해 네 엄마에게 드레이크를 처리해 달라고 의뢰했지. 놈은 계획 준비 단계부터 코모란트 이그리트라는 가명을 사용했기 때문에 그것 또한 네 엄마에게 알렸단다."

보름 전의 대화는 역시 그런 의미였구나. 하지만……

"아버지는 명탐정이니까 드레이크의 계획을 미리 폭로해서 경찰이 체포하게 할 수도 있었잖아요."

"앨리스. 추리력을 기르면 범죄를 미연에 방지할 수

있단다. 하지만 법은 그렇지 못하지. 범죄를 실행한 경우와 계획 단계에서 끝난 경우, 처벌의 무게가 전혀 달라. 흔히들 '경찰은 사건이 터지고 나서야 움직인다고' 하지 않니. 다 그런 이유 때문이란다.

아빠는 과거에 세 번, 살인을 계획 단계에서 막고 여러 가지 가벼운 죄목을 들어 체포시킨 적이 있어. 그 세 사람이 어떻게 됐을 것 같니? 셋 다 모두 금방 출소해서 원래 표적이었던 사람을 죽이고 다시 교도소에 갔단다."

나는 할 말을 잃었다.

"이게 탐정의 한계란다. 드레이크도 똑같아. 한 번 계획을 저지당해도 분명 또다시 범행을 시도할 거야. 네 엄마는 스스로를 지킬 수 있지만 앨리스는 그렇지 않잖니. 언젠가는 반드시 해를 당하게 될 거야. 그렇게 되기 전에 손을 써야 했어. 하지만 탐정인 나는 아무것도 할 수 없으니까. 그래서 네 엄마의 힘을 빌리기로 한 거지."

"……"

"이게 다 앨리스를 지키기 위한 일이었어. 이해해 주렴."

나는 고개를 끄덕……, 응?

"그럼 왜 실제로 게임을 진행한 거야?"

"아아, 그건……."

아버지는 겸연쩍은 듯 어머니를 바라봤다. 그러자 어머니가 설명하기 시작했다.

"네 아빠가 미리 입수한 드레이크의 게임이 잘 만들어진 물건이었거든. 드레이크의 계획을 중간까지 실행시킨 다음 그걸 앨리스의 적성검사에 이용하기로 한 거야."

드레이크의 계획을 중간까지 실행시킨 다음……?

그 말뜻을 이해했을 때 나는 얼마간 입을 다물지 못했다.

"그래서, 그래서 내가 만약 위험한 일이라도 당했으면 어쩌려고!"

"괜찮아. 드레이크의 계획에서 살해당하는 사람은 나고, 앨리스 너는 살해하는 쪽이었으니까."

"그런 건 막판에 어떻게 될지 모르잖아!"

"살인 전문가인 내가 계속 지켜봤으니까 괜찮다고. 게다가 어느 정도 위험을 체험해보지 못하면 훌륭한 킬러가 될 수 없거든. 사자는 자기 새끼를 절벽에서 떨어뜨린다는 말도 있지 않니."

어머니는 새침하게 말했다. 도대체 이 사람은……!

"난 일단 반대했지만 말이야, 뭐 네 엄마가 지켜본다면 괜찮을 거라고 생각했지."

아버지가 우물쭈물 말했다. 아버지의 유일한 단점은 어머니에게 꼼짝하지 못한다는 것이다.

어머니가 오늘 벌어진 일을 설명하기 시작했다.

"나는 오두막 옆에 있는 숲에 숨어서, 무슨 일이 생기면 바로 뛰어 들어갈 수 있도록 오두막 안에 설치한 감시카메라로 앨리스와 드레이크를 지켜보고 있었어. 게임의 진행 상황이나 너와 흰토끼가 주거니 받거니 하는 것들은 드레이크가 들고 온 노트북 화면을 보면 알 수 있었지.

다섯 번째 수수께끼가 진행되는 중에 드레이크가 오두막을 나와서 저택의 본관으로 향했지. 드디어 나를 납치하려고 나섰다는 신호였어. 나는 길을 앞질러 가서 천연덕스러운 얼굴로 그를 맞이했지. 드레이크는 내게 정원에 앨리스가 있다는 거짓말을 하더니 내가 창밖을 보는 순간 내 홍차에 수면제를 탔어. 그런데 나는 처음부터 드레이크의 잔에 수면제를 타두었거든. 내가 차를 마시는 척 시간을 끄는 사이에 그는 완전히 잠에 빠져 들었지. 잠든 얼굴이 마치 어린아이처럼 천진난만해 보였어. 마침내 복수라는 오랜 꿈을 이룰 수 있다고 방심한 그는 그야말로 호랑이 입속(虎口)으로 제 발로 걸어 들어온 오리(Drake) 같았어. 호구 같은 드레이크 같으니라고.

이 엄만 드레이크를 오두막으로 옮긴 다음 손도끼로 목을 잘라 죽였지. 참고로 단번에 잘랐단다."

어머니는 쓸데없이 자랑스러운 표정을 지으며 말했다.

"그리고 나서 진짜 다섯 번째 문제를 위해 오두막을 세팅했어. 진짜 다섯 번째 문제란 아까도 설명했듯이 침대 위에 있는 시체를 터치하면 앨리스의 승리라는 것이었어. 드레이크의 계획은 앨리스가 엄마를 죽이면 성공이었던 것이니까 원래 다섯 번째 문제의 정답인 술래잡기의 승리법 같은 것은 없었고, 여왕을 죽인 시점에서 깨어나게 꾸며진 것 같았거든. 하지만 그러면 적성검사를 할 수 없으니까 내가 마음대로 진짜 다섯 번째 문제를 추가한 거야. 그 힌트로, 미리 준비해둔 하트 모양 칩이 끼워진 회중시계를 네 주머니에 넣어두고, 드레이크의 '화이트 래빗'을 끼고 쳐서 고양이로 게임에 참가해 '다섯 문제에는 공통점이 있다'는 힌트를 줬지. 물론 '사실은 살아 있었다'는 공통점은 드레이크가 만든 것은 아니고, 내가 뒤늦게 캐치한 것이란다."

그렇구나! 흰토끼가 체서 고양이는 등장하지 않는다고 확실하게 이야기했는데 체서 고양이가 갑자기 등장한 이유는 처음 게임에 참가했던 게임마스터가 퇴장하고 다른 사람으로 바뀌었기 때문이었어!

"그리고 여왕을 죽인 뒤 어떻게 처신하는지 보고 싶어서 여왕을 죽인 뒤에도 얼마간 게임이 지속되도록 변경했어. 자, 그래서 적성검사 결과는 아까 말한 그대로야. 탐정 △, 킬러 ◎야."

반박하려고 했다. 하지만 내가 몇 가지 점들을 놓친 것은 사실이었다. 그래서 대꾸하지 못하고 그저 고개를 떨굴 수밖에 없었다.

이런, 내가 탐정이 될 수 있는 가능성이 점점 사라져 간다······.

"참, 아직 열 살이니까 앞으로 얼마든지 더 성장할 수 있단다."

아버지가 달래주었다. 그러나 어머니가 엄한 말투로 반박했다.

"아니, 이제 열 살이나 되었다고 해야 해요. 이제 슬슬 장래에 대해 진지하게 고민해야 한다고요."

"나는, 앨리스가 스스로 되고 싶은 사람이 되었으면 좋겠어. 그래."

"당신은 이래서 안 돼요. 부모가 아이의 미래를 더욱 진지하게 생각해야지."

"아, 그럼 차라리 탐정과 킬러를 겸업하는 건 어떨까? '앨리스 더 원더 킬러'라고 해서 '수수께끼를 죽이는 앨리스'와 '경이로운 킬러 앨리스' 두 가지를 병행하는 거지. 추리도 살인도 모두 잘하는 녀석. 강해 보이지?"

"아, 정말! 아버지까지 그런 말 말라구요!"

'원더 킬러'라는 별명은 '내가 죽이는 것은 사람이 아니라 수수께끼다'라는, 어머니를 향한 결의를 나타내기 위해 지은 것이다. 그것을 사람을 죽이는 '경이로운 킬러'로 바꿔버리다니…….

그런 내 마음도 모르고 아버지는 태평하게 웃었다.

"어랏, 방금 한 말에서 상당한 살기가 느껴졌어. 역시 우리 앨리스에게 킬러의 재능이 있는 걸지도 몰라. 하하하……."

우리 부모님은 옛날부터 이런 분들이다.

그 두 사람의 피가 내 몸에 흐르고 있는 것이다.

명탐정. 그리고 킬러의.

내 미래는 어떻게 될까.

명탐정이 좋다. 명탐정이 되고 싶다. 나는 기도했다.

하트 여왕의 목을 잘랐을 때의 손맛을 떠올리며.

메피스토 같은 매력으로
독자를 '이상한' 세계로 이끌다

일본에는 다양한 추리문학상이 있습니다. 에도가와 란포상, 나오키상, 이 미스터리가 대단해 대상, 일본추리작가협회상, 서점대상 등. 일본이 추리문학 강국으로 도약할 수 있는 발판이 된 수많은 상은 마치 골라 먹는 아이스크림처럼 독자들을 설레게 합니다. 수많은 상 중에서도 '메피스토상'은 독특한 상이라고 할 수 있습니다.

일본 출판사 고단샤의 문예지 〈메피스토〉에서 주관하는 메피스토 상은 발표되지 않은 소설들을 대상으로 하는 신인상입니다. 이 상이 독특한 이유는 정해진 응모 기간이 없고, 장르의 폭이 넓으며, 특별한 수상 기준 없이 철저하게 재미를 추구하기 때문입니다. 편집자가 원고를 읽고 재미있으면 선정되는 시스템이기 때문에 개성 넘치고 재미있는 작품과 작가들을 배출하는 상으로도 유명합니다. 매해 수상작의 수도 일정하지 않습니다. 모리 히로시가 ≪모든 것이 F가 된다≫로 메피스토상 제1회 수상자로 선정되며 데뷔했고, 제147회 나오키상을 수상한 츠지무라 미즈키 역시 메피스토상 출신입니다. 그리고 여기, 메피스토상으로 데뷔한 또 한 명의 작가가 있습니다.

하야사카 야부사카는 2014년 ≪○○○○○○○○ 살인사건≫으로 제50회 메피스토상을 수상하며 등장했습니다. 이 작품은 범인도 트릭도 동기도 아닌 제목을 맞힌다는 전대미문의 추리소설로 '2015 미스터리가 읽고 싶다!' 7위, '2015 본격 미스터리 베스트 10' 6위에 오르기도 하며 주목받았습니다. 이후 발표한 작품들로 '2017, 2018, 2019 본격 미스터리 베스트 10'에 꾸준히 이름을 올리고, '본격 미스터리 대상' 후보작에 오르는 등 본격 미스터리 장르에서 인상적인 작품 활동을 펼치고 있습니다. 그중에서도 ≪앨리스 더 원더 킬러≫는 드물게도 작가가 후회가 적다고 말하는 작품입니다.

≪앨리스 더 원더 킬러≫는 루이스 캐럴의 소설 ≪이상한 나라의 앨리스≫와 ≪거울 나라의 앨리스≫를 가

상현실과 접목시켜 본격 미스터리로 재해석한 작품입니다. 이상한 나라의 앨리스 시리즈는 독특한 등장인물, 여기저기서 튀어나오는 언어유희, 기발한 상상력으로 오랫동안 사랑받아왔습니다. 그만큼 이상한 나라의 앨리스를 모티브로 삼은 작품들도 다수 발표되었지요. 그리고 지금은 '앨리스'라는 이름 자체가 판타지를 상징하는 대명사 중 하나로 인식될 정도라고 해도 과언이 아닙니다. 저자는 가상현실기기를 이용해 그 환상 세계로 들어갑니다.

가상현실을 체험할 수 있는 기기 '화이트 래빗'으로 명탐정을 꿈꾸는 열 살 소녀 '앨리스'를 수수께끼가 기다리고 있는 〈앨리스〉 세계로 이끄는 이 작품은, 원작이 사랑받는 요소와 에피소드를 그대로 살리면서 본격 미스터리에도 충실합니다. 게임 속으로 들어간 앨리스는 다섯 개의 수수께끼를 풀어나가는데, 게임이 진행될수록 서로 연관이 없어 보였던 수수께끼들이 사실 유기적으로 얽혀 있다는 점이 밝혀지고 이 게임의 진정한 의미와 반전이 등장하며 그동안 차근차근 깔아온 복선들을 회수합니다. 그리고 원작의 앨리스가 꿈속에 떨어져 자아를 찾는 여행을 했던 것처럼 이 작품의 앨리스도 가상현실의 〈앨리스〉 세계를 겪으면서 자신도 몰랐던 스스로의 적나라한 내면과 마주하게 되는 점까지. 하야사카 야부사카는 마지막까지 야무지게 원작을 놓치지 않습니다. 까불까불하지만 시적이고 우아한 원작처럼 뒤죽박죽 엉뚱하지만 논리적이고 정돈되게 선보인 이 작품은, 원작의 요소나 에피소드를 어떻게 변형시켰는지 찾아내는 재미까지 느낄 수 있습니다. 더불어 작가의 기발한 상상력에 감탄도 하게 되지요.

≪앨리스 더 원더 킬러≫에는 소설 곳곳에 원작 ≪이상한 나라의 앨리스≫ 시리즈의 흔적이 듬뿍 묻어 있기 때문에 원작을 읽지 않은 독자들은 이 작품을 읽으면서 어리둥절한 부분이 있을 수 있겠습니다. 그러나 작가가 작품 속에서 원작과 관련된 설명을 빵가루처럼 조금씩 뿌려주기 때문에 그 흔적들을 잘 따라가면 어렵지 않게 이 작품을 즐길 수 있으리라 생각합니다. 그래도 역시 원작 앨리스 시리즈를 읽으면 작품에 더욱 즐겁게 빠져들 수 있겠지요.

참신한 트릭과 치밀한 복선으로 미스터리 독자들의 주목을 받고 있는 하야사카 야부사카. 비록 일부 작품은 변태적인 요소로도 유명하지만, 집요하게 쌓아올린 논리로 복선을 회수하고 기발한 트릭을 선보이는 능력은 앞으로 그가 어떤 수수께끼로 독자를 즐겁게 할지 몹시 기대하게 합니다.

2020년 여름

문지원

앨리스 더 원더 킬러

1판 1쇄 인쇄 2020년 9월 11일
1판 1쇄 발행 2020년 9월 22일

지은이 하야사카 야부사카 옮긴이 문지원
책임편집 민현주 디자인 강수정 제작 송승욱 발행인 송호준

발행처 블루홀식스 출판등록 2016년 4월 5일 제 2016-000100호
주소 경기도 파주시 회동길 483-1 전화 031-955-9777 팩스 031-955-9779
이메일 blueholesix@naver.com

ISBN 979-11-89571-33-7 03830